이니스프리,
그 이루지 못한 꿈

이니스프리,
그 이루지
못한 꿈

· 김완희
산문집 ·

산지니

나의 기도

내 눈을 열어 주의 기이한 법을 보게 하시며

내 귀를 열어 주의 기이한 법을 듣게 하시며

내 손발을 움직여 주의 기이한 법을 행케 하소서

이 책에 실린 글은 대부분 1994년 7월부터 한 3년간 부산 YWCA 회보의 '문화산책'이란 난에 연재된 것이다. Y기관지라 그런지 회보는 그 내용이 삭막하기 그지없었기에 무언가 읽을거리를 마련해 주어야겠다는 생각으로 연재를 시작하게 되었던 것이다. 지금은 인터넷에서 많은 정보를 얻을 수 있지만 1900년대만 하더라도 정보를 얻으려면 일일이 도서관까지 가야 했다. 그리고 회보가 월간이었기 때문에 그 달에 맞추어서 글을 써야 했고 한정된 지면이었기에 쓰고 싶은 것 다 쓸 수도 없었다. 책을 내면서 조금은 덧붙인 것도 있지만 그 작업이 더 어려워 참기로 했다. 이 점을 유념해주시기를….

로마의 위대한 시인 오비디우스는 『변신』이란 책 맺음말에서 이렇게 말했다.

로마가 정복하는 땅이면 그 땅이 어떤 땅이건 백성들은 내 시를 읽을 것이다. 시인의 예감이 그르지 않다면 단언

하거니와, 명성을 통하여 불사(不死)를 얻은 나는 영원히 살 것이다.

위 글을 읽으면서 깨달은 것은 비록 하찮은 글이라도 후대에 누가 읽어 공감을 한다거나 글쓴이와 인격적 만남을 하게 된다면 글 하나 없이 유명했던 그 어떤 이들보다 더 생명력을 갖게 되는 것이 아닐까 하는 것이었다.

오래전 안동인가 어디에서 이장을 하는데, 젊어 죽은 장대한 한 남자의 관에서 그 아내가 애절하게 쓴 편지가 한 통 나와 한동안 떠들썩했던 적이 있다. 존재했는지도 모를 그 여인은 그 편지 한 통으로 우리 앞에 살아 있던 사람으로 나타나, 시대와 공간을 초월해서 남편을 젊어 잃은 아내의 슬픔을 전하고 있는 것이다.

하찮은 글로 책을 내기가 꺼려졌지만 오비디우스의 글이 조금 힘이 되었고, 또 남편의 영원한 애제자요 나의 Y 활동에 큰 도움을 준 서현숙 선생이 책을 내라고 용기를 주는 바람에, 나도 세상에 왔던 기념으로 그동안 썼던 글을 모아 출간하게 되었다.

이 책의 제목 '이니스프리, 그 이루지 못한 꿈'은 부산 Y 회보 '문화산책' 시작할 때 첫 번째 실린 글이었다. 제목 없이 던져준 글에 그 당시 담당 간사였던 이명옥 선생이 이런 멋진 제목을 붙여주었다.

내가 어릴 때부터 가고 싶었던 곳을 거의 다 가볼 수 있게 해주신 하나님께 먼저 감사를 드린다.

국내 여행은 부산 Y에서 여행단을 만들어 여행할 수 있게 허락해주어서 지금껏 나들이클럽이라는 이름으로 1990년대부터 꾸준히 계속하고 있다. 국외는 남편이 자신은 별로지만 내가 가고 싶은 곳은 다 함께 가주어서 가능했다. 딸 지인은 이니스프리, 아들 지현은 터키, 그리스 여행과 지중해 크루즈를 갈 수 있게 물심양면으로 도와주었다. 이처럼 많은 사람들의 도움으로 글을 쓰게 되어 감사할 뿐이다.

난삽한 나의 글을 교정 보고 고치고 예쁘게 책으로 만들어준 산지니 관계자들께도 감사의 마음을 전한다.

그러나 오래전 돌아가신 아버지는 별로 달가워하지 않으실 것 같다.

'너는 왜 잡문 나부랭이나 쓰고 있느냐' 하실 것 같기 때문이다. 아버지는 형상화하는 데에 예술적 가치를 둔 작가 지망생이었으므로….

2017년 10월

김완희

차례

1장 매화 옛 등걸에

2장 드디어, 이니스프리에

3장 위대했던 여름, 릴케, 가을날

4장 그 밖에

1장

매화
옛 등걸에

효석과 지훈

봉평이 가까웠나 보다. 온통 '메밀꽃 필 무렵'이라는 상호가 눈을 어지럽힌다. 얼마나 잘 꾸며 놓았기에 여기서부터 난리람.

십여 년을 별러서 지금 봉평에, 달빛에 소금 뿌린 듯한 메밀꽃을, 그리고 그동안 까맣게 잊고 있었던 우리의 정서를 찾아 먼 길을 돌아 예까지 왔구나 자못 감회가 깊다.

소수서원과 부석사를 들러 이름만 낯익은 고장을 지나 이제 봉평, 그곳에 다다르고 있는 것이다.

「메밀꽃 필 무렵」을 먼저 읽었는지 아니면 「낙엽을 태우면서」를 먼저 읽었는지 기억하지는 못하지만 양옥집에 넓은 뜰이 있고 예쁘게 단풍 든 나무 몇 그루, 땅에 수북이 쌓인 낙엽들… 그것을 태우며 명상에 잠긴 편안한 서구식 차림의 한 젊은 남자… 그것이 내 머리에 처음 박힌 이효석의 모습이었다. 그곳에는 그때에는 몰랐던 커피 냄새도 있었고 피아노 소리 같은 것도 내 상상 속에서 듣고 있었는지도 몰랐다. 그런데 그가 어떻게 지식인 계층이 즐겨 쓰는 관념어가 아닌 생활에 밀착된 토착어를 그리도 자연스럽게 구사할 수 있었는지, 그리고 그의 세계와는 전혀 다른 시골의 유랑적인 장돌뱅이의 세계를 그렇게 잘 묘사할 수 있었는지 의심스럽기조차 하였다.

봉평은 그야말로 손바닥만 한 고장, 물레방앗간이라 만들어 놓은 것도 어설프고 가산공원도 그랬다. 그의 생가, 이름만 생가일 뿐 다른 사람이 사는 살림집이었다. 비록 셰익스피어만 못하다 할지라도 영국 스트레트 폰 에이번에 몰려오던 관광객들과 잘 정비되고 잘 보존된 그의 집, 처갓집 그리고 무덤, 연극공연 등 한 고장이 위대한 인물 하나를 배출해서 자손 만대 그로 말미암아 먹고살겠구나 하는 생각을 했던 적이 있었는데, 봉평은 그저 축제 때 돈만 좀 벌어 보자는 속셈인 것 같았다. 축제 때를 위하여 뿌려 놓은 메밀은 꽃은 피었지만 밀려든 자동차 바퀴에 처참한 몰골이 되어 있었고 예술가로서의 그의 이름을 기리는 모습은 찾아볼 수 없었다.

흔히들 「메밀꽃 필 무렵」은 소설을 서정시의 경지에 이르게 한 작품이라고 말하기도 하고 우리의 언어예술이 도달할 수 있는 정점일 것이라고 말들 한다. 하여튼 「메밀꽃 필 무렵」은 한국문학을 대표하는 단편소설 중의 하나로 이효석 문학의 백미(白眉)라 할 수 있겠다.

나이가 들어서인가 생경스럽던 「메밀꽃 필 무렵」의 장돌뱅이들의 애환, 내일이 없는 그들 삶의 진한 체취, 그들의 언어 등이 내게로 다가와 내 뿌리가 무엇인지를 가르쳐 주는 듯하다. 그들의 정서가 내 것임을, 그리고 내가 그것을 얼마나 사랑하고 있는지를… 나는 눈물을 글썽이며 그래도 어느 하늘 아래 죽어도 모를 허생원에게 가족 상봉이라는 소망을 선사한 작가에게 감사했다.

영월, 귀하게 태어나 처참하게 죽은 단종의 유적이 있는 곳, 죽음에 이르기까지 그가 경험했던 통분과 두려움, 좌절, 울분 등이 우리에게 구경거리와 얘깃거리밖에 되지 않았음을 한하며 굽이굽이 산을 몇 개나 넘어 조지훈의 생가가 있는 경북 영양에 도착했다. 그러나 그의 생가를 찾는 일은 쉽지가 않았다. 관광버스 기사가 관광객들이 찾지 않는 조지훈의 생가를 알 턱이 없었기 때문이었다. 한참을 헤매고서야 찾은 생가는 조씨 문중이 자기들 가문에서 태어난 자랑스러운 시인을 기념하고 그 이름을 위하여 얼마나 깨끗하고 정성스럽게 보전하고 있는지 이효석의 생가와 비교가 되었다.

세상에 이름을 날린 제자들도 스승의 시비를 그의 고향 소나무 숲속에 세워 놓아 우리의 발길을 멈추게 하였고… 가문이 중요함을, 그리고 제자들이 스승을 어떻게 영화롭게 할 수 있는지를 눈으로 직접 볼 수 있어서 다행이었다. 전혀 조지훈으로 인하여 돈벌이할 생각도 없어 보였고… 이효석이 살아 봉평의 모습을 보면 그 또한 나처럼 참담해졌으리라.

❧ 지금은(2016년) 조지훈 문학관도 생기고 시비들도 제법 세워졌으나 본데 아직 그 변한 모습을 보지 못했다. 그리고 봉평도 효석 문학관, 생가 복원 등 새롭게 단장했다는 말은 들었고 사진도 보았고 영상도 보았다. 내년에는 꼭 소금 뿌린 듯한 메밀꽃을 볼 수 있었으면 한다.

아쉬웠던 것은 영월까지 가서 동강을 그 상류까지 가 보지 못한 것이었다. 어라연도 가 보지 못했고… 동강은 흔히들 이야기하는 태고적 신비를 가진 장엄한 대서사시란 말이 무색할 지경이었다. 단종이 유배되었다던 청량포도 멀리 차창 밖으로 보았을 뿐, 배를 타고 그 옛날 한 고귀한 소년의 행적

을 더듬어 보고 싶었던 것은 역사와 인간의 삶에 대하여 좀
더 진지해 보고 싶었던 것은 아니었을까?

내 마음은 또 그곳에 두고 왔다. 아쉬움이 있었기에… 도대
체 내 마음은 몇 개나 되는가. 그동안 여기저기 두고 온 마음
다 쓸어 모은다면 한 바구니는 족히 넘을 것이다.

이방골 하얀 집에서
만난 사람

9월 중순이었다. 강원도 깊은 산골, 하늘 아래 첫 번째 집일 것 같은 하얀 집, 마당에는 물레방아가 돌고 곤지랍게 박혀 있던 별들마저 빛을 잃고 있었다. 언제 달이 뜨려나 추워서 오들오들 떨면서도 몇 사람은 잠을 이룰 수 없어 바깥에 서 있었다. 하현달이 첩첩 산봉우리들을 한겹한 겹 벗기며 나타났을 때는 밤도 어지간히 깊어졌을 때였다. 「메밀꽃 필 무렵」의 허생원이 동이의 등에 업혀 갈 때처럼….

몇 번 들락거리며 우리와 몇 마디 주고받던 집주인이 또 나타난 것은 그때였다.

"뭐 하세요? 필요한 것 있으세요?"

오래간만에 참으로 오래간만에 완벽한 경기도 말을 들

이니스프리
그 이루지 못한 꿈

으니 친근감이 생겨 그때까지 우리끼리 주고받은 말을 별 기대도 없이 해 버렸다.

"몇십 년을 벼르고 별러서 봉평까지 왔는데 이 깊은 골짜기에 숙소가 있으니 달빛에 비치는 메밀꽃을 볼 수 없어 그냥 달만 쳐다보고 있는 거예요."

이방골 하얀 집까지는 우리가 타고 간 버스가 들어갈 수 없어 별빛만 있는 캄캄한 산길을 십여 분 걸어야 했다. 큰비로 다리까지 떠내려간 개울을 숙박집 주인이 자신의 갤로퍼로 거의 50명이나 일일이 건네주었고 나는 밤길에 몇 번이나 넘어졌다. 그 언젠가 오대산 앞 대로를 별빛도 없는 진정한 어둠이 어떤 것인지, 온통 어둠을 옷 입듯 걷던 때를 생각했다. 그리고 대학 졸업여행 때 동트기 전 서울로 돌아가시는 교수님을 배웅해 드리고 해인사 앞 숙소까지 걸어갈 때의 그 진한 어둠, 그때 존재에 대해, 삶에 대해, 진지하게 내 자신에게 물었던 기억도 떠올랐다.

"제가 모셔다 드리지요."

"그래도 되겠어요? 미안해서 어쩌나."

"저도 달빛에 비친 메밀꽃이 어떤지 보고 싶었거든요."

손바닥만 한 봉평 중심지를 지나 1분도 못 되어 나타났던 가산공원, 어느 부잣집 정원보다 작고 보잘것없는 공원

에 웬 전깃불은 그리도 휘황찬란하게 켜 놓았는지… 달빛
이 무색했다. 그래서 '누가 은하수를 훔쳐갔는가'라는 구
호를 외치며 시위를 벌였던 스페인의 천문학자들과 환경
운동가들의 마음이 이해가 되었다. 가로등 없는 곳으로 가
자는 우리의 유난스러운 청에도 그는 흔쾌히 응해 주었다.
더러는 이미 늦었고 더러는 덜 피기도 했지만, 그리고 온
통 지천으로 메밀꽃이 흐드러지게 피어 있지는 않았지만
달빛 아래 아스라하게 하얀색으로 나타나는 메밀밭은 말
그대로 현실로 나타난 꿈이었다.

   여러 번 자리를 옮겨 가며 달빛에 비친 메밀꽃을 보았
다. 그리고 아쉬운 작별, 내년에는 꽃이 흐드러지게 필 때
올 것이라는 다짐을 하며 돌아오는 길, 차 안에서 그는 자
신의 신상에 관한 이야기를 서슴없이 꺼내었다.

   "혼자 살아요. 아내는 서울서 교편을 잡고 있기 때문에
2주에 한 번 이곳에 옵니다. 나는 서울이 싫어서 안 가요.
장인 장모가 당신 딸 고생시킨다고 아주 미워하십니다. 그
런데 아주 혼자이지는 않아요. 나는 한양대 나왔지만 경기
고, 서울대, 미국 하버드대까지 나온 후배와 암환자 대학교
수도 여기 함께 기거하지요. 암환자 대학교수는 앞으로 석
달쯤이면 죽을 거예요."

그는 아무렇지도 않게 말했다.

"후배라는 사람은 책을 많이 읽어요. 얼마나 박학다식한지 몰라요. 독실한 기독교인이라도 3시간만 자기하고 얘기하고 나면 비기독교인으로 만들 수 있다고 큰소리를 합니다. 그자식 되게 잘난 척해요."

나는 후배라는 사람에 대해서 관심이 생겼다.

"무얼 먹고 사나요?"

"유산 좀 받았나 봐요."

유산이 없었다면 그가 은둔생활을 할 수 있었을까? 그리고 집주인도 아내가 생활능력이 없다면 그 골짜기에서 잠시 머무는 사람들이 내고 가는 그 수입으로 서울 살림까지 하며 살 수 있을까? 악착스레 돈을 벌려는 노력도 전혀 보이지 않고….

무사히 숙소로 돌아왔을 때 그는 아침에 산책하라고 길을 가르쳐 주었다. 그러나 이튿날 아침, 풀섶 이슬에 몸을 흠뻑 적시며 헤매는 우리를 보았는지 그가 나타났고 우리는 그의 신세를 또 질 수밖에 없었다. 가면서 나는 그에게 물었다.

"생에 대하여 무슨 갈등이나 고뇌나 허무감, 좌절 그런 것 때문에 들어와 사는 것은 아닌가요."

"그런 것 없어요. 그냥 여기 들어와 사는 거예요."

"자연 속에 살면서 이 오묘한 균형, 질서 등에서 어떤 창조의 손길을 느끼지는 않습니까? 이 모든 것이 자연적으로 이루어졌다고 생각하나요?"

"글쎄요, 깊이 생각해 보지도 않았는데 자연적으로 되었다고 하니까 그렇게 알고 있을 뿐입니다."

무슨 말을 더 하랴. 그의 말이나 그의 영혼이 순수하다면 죽음까지도 초월할 수 있을지 모른다는 생각이 들기도 했지만 글쎄… 알렉산더 대왕에게 햇빛을 가리지 말아달라고 요구했던 은둔자 디오게네스보다 세상 모든 일에 자유로워지진 않은 것 같고….

그러나 누구나 한 번쯤은 꿈꿔 보았던 자연 속에서의 삶을 그가 살고 있다는 사실, 그리고 그 삶이 내게 이루어진다 하더라도 얼마나 견딜 수 있을 것인가를 생각하면서 씁쓸한 웃음을 짓지 않을 수 없었다.(2000)

윤선도의
자취를 따라

바다는 너무나 조용해서 호수 같았다. 가도가도 김 밭… 지금은 김을 채취한 지가 오래되었고 톳 채취가 한 참이란다.

바다를 둘러싼 섬들은 양파 껍질처럼 지나가면 또 둘러 있고 한 시간을 가도 여전히 섬에 둘러싸여 수평선을 보지 못한 채 보길도에 내렸다.

병자호란 때 왕과 왕자들이 남한산성과 강화도로 피난 갔다는 소리를 듣고 윤선도가 그들을 구하러 배를 타고 갔 으나 이미 늦었다. 임금은 항복하고 왕자들은 볼모로 잡혀 간 뒤였기 때문이다.

세상이 허망하여 탐라에 가서 엎디어 있다가 죽으리라 하고 배를 돌려 탐라로 가다가 지상의 낙원 같은 섬을 만나 홀딱 반해 눌러앉은 곳이 보길도란다. 땅끝이라는 데에서 배를 타고 한 시간 거리… 윤선도가 그곳서 지었다는 어부사시가가 아니면 내가 그곳에 갈 마음이나 먹었겠는가?

배를 타고 임금을 구하러 갈 만한 부를 지녔던 사람. 그의 4대 조부 어초은이란 분이 당대의 국부였다고 하니 그러면 그만한 부를 누리는 것인가. 어초은 윤호정은 강진에 살았는데 당대의 거부이던 해남 초계 정씨 정호장의 외동딸과 혼인, 정호장의 재산을 물려받아 거부가 된 것이라 한다.

윤선도의 자취를 따라 하는 여행이어서 해남과 보길도 가는 길에 우리 일행은 강진 김영랑의 생가와 정약용의 다산초당, 도요지까지 들러 보길도 가는 배를 타기 하루 전 저녁 때 윤선도의 녹우당에 도착했다.

녹우당이란 이름은 집 뒤 비자나무 숲이 바람에 흔들릴 때마다 '쏴~아'하는 소리가 비가 내리는 듯하여 붙인 것이라는데, 고산 윤선도의 고택이자 해남 윤씨의 종가를 의미한다. 전라남도에 있는 민가 중에서 가장 규모가 크고 오래된 것으로, 효종 임금이 사부였던 고산 윤선도를 위해 수원에 지어준 집의 일부를 뜯어 옮겨와 사랑채로 만들고 녹우당이란 이름을 붙였는데, 해남 윤씨의 종가 전체를 녹우당이라 부르기도 한다고 한다.

해가 지려고 하고 있었다. 저녁 어스름… 내 눈앞에 나타난 녹우당은 산 아래 숨겨진, 누구의 발자취도 없었을 것 같은 왕궁 같은 모습이었다. 녹우당 주위엔 다른 인가가 없고 조용하고 고즈넉하기까지 했다. 윤선도는 해남 지방의 왕이나 다름없었네 하는 말이 절로 나왔다.

집을 뜯어 왔다는 것이 언뜻 이해가 되지 않을 수 있지만, 임금이 하사한 집을 다른 사람에게 준다거나 비워둘 수는 없었기에 그러할 수밖에 없었다고 생각하면 된다. 대단한 명예이기도 하였을 테고. 녹우당 옆 유물관에는 고산 윤선도, 그리고 그의 증손인 공재 윤두서와 관련된 여러 유물이 전시되어 있었다.

녹우당에서 본 것 중에서 아직도 잊지 못하고 있는 것이 두 가지 있다.

유물관에서 본 미인도인데 고야가 그린 나체의 마하보다도 더 섹시했다. 저고리 고름과 치마끈에 손만 대어도 벗겨질 것 같은, 그리고 치마와 저고리 사이에 살짝 비치던 겨드랑 밑 터질 듯한 속살… 무엇보다 더 매혹적이었다. 다른 유명한 화가가 그렸다는 미인도를 물론 영상으로 보긴 했지만….

또 한 가지는 유물관 뒤쪽이었던 것 같았는데 5월의 저녁 해 질 무렵에 내 눈앞에 나타났던 포도원의 아름다움이란…. 구약성경에 악한 아합왕이 이스라엘 사람 나봇의 포도원을 보고 반해서 팔라고 했더니 조상 대대로 내려온 포도밭을 팔 수 없다고 거절당해 고민에 빠져 있을 때, 그보다 더 악한 이사벨 여왕이 나봇을 모함해 죽이고 그 밭을 남편에게 주었다는 이야기가 있다. 포도밭이 좋으면 얼마나 좋길래 왕이 그걸 가지지 못해 병까지 났고 나봇은 목숨까지 잃은 걸까 하고 의아해했는데 그 포도밭을 본 순간 그럴 만도 할 수 있었겠다 싶었다.

보길도에 가는 배는 버스도 싣고 갈 수 있는 큰 배였는데 뱃삯이 비싸서 사람들만 타고 갔다. 보길도에는 섬을 왔다 갔다 하는 차가 수시로 있다 했는데 우리가 보길도에 내려서 탄 그 차가 제일 먼저 내려 준 곳이 세연정이었다.

세연정은 윤선도가 만든 별서 정원인데 우리나라 3대 정원 중 하나라 한다. 세연정 연못 안에 군데군데 있는 엄청난 크기의 바위들을 보며 그것을 파는 데 얼마나 많은 품이 들었을까 하는 생각을 했다. 너무 큰 돌은 옮기지 못하고 그대로 둔 것 같았다.

그러나 윤선도가 그곳 사람들을 노역만 시킨 것은 아니었다. 바다를 메워 논밭을 만들어 그곳 주민들에게 나누어 주기도 했다 한다.

세연정 한가운데 있는 정자는 얼핏 보기에 보통 정자와 같았지만 마루 위를 보니 창호지 바른 문짝들이 여러 개 달려 있었다.

문을 떼면 사방이 뚫린 하나의 마루요, 문짝을 달면 여러 개의 방이 되는 것이다. 누마루처럼 보이는 것이 그렇게 되어 있는 것을 처음 본 것이다. 버스 기사의 얘기를 들으니 마루 중앙에는 온돌이 있어 겨울에도 기거할 수 있게 되어 있다 한다.

그곳에서 어부사시가를 새겨놓은 여러 개의 커다란 돌로 된 시비를 발견하였다. 그것이 왜 우리가 그곳에 갔는지를 일깨워 주었다. 기생도 아니고 여염집 아낙도 아닌 사대부의 선비가 순 우리말을 우리 글로 썼다는 데 더 의미가 있는 것이라 생각한다.

다음에 들른 곳은 동천 석실. 거기에서 윤선도가 신선 같은 삶을 누리며 살았다 한다.

먹을 것은 그 깎아지른 듯한 절벽 위에서 두레박 같은 것으로 들어 올리며 해결했다 하는데 우리만 공연히 그 절

벽 위로 올라가느라고 애먹었다. 무엇하러 거기엔 사생결
단하고 기어 올라갔을까?

절벽 위에는 오래된 방 한 칸만이 있을 뿐이었다.

예송리 바닷가에서는 파도가 너무 잔잔하여 파도에
씻겨 내려가는 그 유명한 조약돌 구르는 소리를 듣지
못했다.

조금만 파도가 세게 쳐들어오면 그 소리를 들을 수 있을
까 귀를 기울여 보았지만 워낙 바다가 조용해서 세게 들어
와 봤자였다. 모두들 예송리 깨끗한 자갈 위에서 말린 미
역, 미역귀, 김, 다시마 등을 한 보따리씩 사 들었다. 누가
주부 아니라고 할까 봐….

선창가 어떤 식당에서 처음 먹어 본 명태 젓갈의 맛은
잊을 수 없을 것 같다.(2002)

한밤 마을 산수유에
열린 전설

일연스님이 삼국유사를 썼다는 인각사와 시인 이상화의 자취를 찾아보는 대구행. 새벽부터 비가 제법 와서 모두들 갈려나 하고 걱정을 했다는데, 소심하기 그지없는 내가 조금도 비오는 것에 대해서는 염려를 하지 않았으니 나조차 이상하다는 생각이 들 정도였다.

인각사 가는 길에 들르기로 한 대율마을을 찾아서 팔공산을 끼고 왼쪽으로 돌아가는 길, 어디쯤에서부터였던가 산허리 굽이굽이 구름이 머흘르고 자욱한 안개 속 길가에 늘어선 단풍나무의 행렬… 차창 밖으로 가도 가도 끝없이 펼쳐지는 색깔들의 잔치… 붉은색, 주황색, 노란색… 황홀하여 잠시 차를 멈추고 그들과 하나 되고 싶었건만 무에 그리 급한지 마음에만 담고 지나왔어라. 이름하여 단풍길,

한 번 더 가 볼 수 있을지….

인터넷에서 찾은 산골 마을 음식점은 도시의 좋은 음식점에 못지 않는 겉모습과 깨끗함, 음식 맛을 지니고 있었다. 권 간사가 인터넷에서 잘도 찾아내었구나, 요즈음 젊은이들은 능력도 많다는 감탄을 해 가면서….

그 집 아래층에 늘어놓은 사과 상자를 기웃거려 보았다. 단물이 사과 거죽까지 배어 나와 찐득찐득 거칠거칠한데 한 상자에 만오천 원이라니… 크고 작은 것이 섞여 있긴 했지만 한 개에 이백 원 꼴. 도대체 밭에서는 얼마에 사 오는 것일까?

내년에도 다시 오면 이런 횡재가 있을 수 있을까? 농민들의 주름진 얼굴 모습이 나의 철없음을 잠재웠다.

조금씩 오는 비를 맞으며 대율마을을 찾았다. 우리말로는 한밤마을이라나. '한'은 한강의 '한'의 뜻과 같아서 크다는 뜻이렸다. 큰 밤이 많이 나던 곳이었나 하는 생각도 들고. 음식점 바로 근처여서 걸어서들 갔다. 동네 입구에 다다랐을 때, 와! 하는 가느다란 탄성들이 조금씩 터져 나왔다. 시간을 거슬러 조선시대 어느 때에 우리가 서 있었다. 어찌 이리 조용할꼬. 돌이 많은 동네, 돌길, 돌담, 초가집이 하나도 없고 기와집만 있는 양반마을이었다. 집집이 돌담 위로 잎은 없고 열매만 다닥다닥 붙어 있는 빨간 산수유나무. 빨간 산수유 열매처럼 그들의 전설도 주저리주저리 함께 열려 있는 것 같았다.

즐비한 오래된 목조가옥, 그 속에서 먼지 대신 세월을 뒤집어쓴 대청마루들, 기와지붕의 선, 바람이 숭숭 들어올 것 같은 창호지 바른 창문들을 보며 거기서 살던 우리 조상들의 모습들을 떠올려 본다. 그곳에 얼마나 많은 이야기들이 서리서리 쌓여 있을까?

내 기억 속에서는 한 번도 살아 보지 못했던 곳이었지만 그날따라 왠지 감상적이 되었다고나 할까? 뼈마디가 시려오는 아픔 같은 정겨움을 진하게 느꼈다.

동네 어느 집이든 문이 열려 있어 기웃기웃 집집마다 들여다보았다. 차라리 하회(안동)마을보다 보존이 더 잘되어 있다는 생각을 했다. 적어도 대청마루 위에 냉장고가 어울리지 않게 버티고 있지는 않았기 때문이었고, 사람들이 그리 많이 찾지 않아서인지 아직 장삿속이 아닌 것 같아서였다.

부림홍씨 집성촌, 남천고택이라 불리는 상매댁을 들여다보았을 때는 사람이 그리운 한 노파가 반색을 하며 당신 집안 이야기를 끝없이 하고, 돌아 나오는 우리들이 아쉬운

지 뒤뚱거리며 따라 나오며, 아무것도 대접 못 해서 어쩌나 하며 우리 걸음을 따라잡지 못해 안간힘을 쓰던 모습이 눈에 선하다.

인각사를 향해 떠나면서 못내 아쉬웠던 것은 그곳 비어 있는 집 대청마루에 앉아 나의 정체성을 깊이 생각해 보지 못한 것이었다.(2001)

산정유한

　작년 가을, 친구와 배낭을 짊어지고 무작정 설악을 향해 떠난 적이 있었다. 망설이다 결국 이 회색의 숨 막히는 도시를 며칠이라도 탈출할 수가 없게 되지나 않을까 해서 서둘러 떠난 길이었다. 10여 시간을 달려 닿은 설악동은 평일이었는데도 그야말로 인산인해. 하는 수 없이 택시를 돌려 오색으로 향했다.

　단풍이 빨갛게 물든 나무, 아직도 푸른 잎으로 버티고 있는 나무, 막 단풍이 들려고 푸른색이 변하는 잎들….

　도무지 종잡을 수가 없었다. 그래서 요즈음은 나뭇잎마저 계절을 개성 있게 느끼는가 했다.

　대학 졸업여행을 해인사로 갔을 때였다. 한밤중에 도착한 가야산은 그 모습을 어둠 속에 숨기고 있었음에도 불구하고 산세가 장대하다는 것을 느끼게 해 주었다. 이튿날

아침 세수하러 방문을 열었을 때

창 열고 푸른 산과
마조 앉아라.

방문 앞에는 병풍 같은 산이 둘러쳐져 있었고 그 산은
단풍으로 불타고 있었다. 숨이 막혀 탄성의 소리조차 한동
안 지르지 못했다.

방문을 열고 홍엽으로 불타는 산과
마주 앉아라.

조지훈의 「파초우」 한 구절을 이같이 고쳐 읊으며 자연
이 벌이는 화려한 잔치의 일면을 한동안 음미하며 그렇게
앉아 있었다.

해인사 그곳에는 공부하는 젊은 승 눌원이 있었다. 스스
로 눌변이라고 붙인 이름이라 했다. 한국에서 유명한 문인
교수들과 여대생들이 몰려왔으니 공부하는 사람이라고 그
도 지기를 만난 듯 기뻤으리라. 산속에서 무엇을 공부하냐
고 물었더니 '서해안에서 산 적이 있는데 그곳에서는 지는

해만 보입니다. 그것을 공부하지요.' 했다. 이 눌원스님이 단풍을 보고 감탄하고 또 즐거워하는 우리들을 보고 내 수첩에 글 하나를 써 주었다.

신화를 읽은 오리들이 꿈을 키운다.

오색의 산 밑에서 12폭포까지 오르며 생각한 것이 비단 해인사의 추억만은 아니었다. 10대 적에 읽은 정비석의 「산정무한」이란 수필도 그중에 있었다.

정비석의 「산정무한」은 우리나라의 대표적 기행문이라 말들 한다. 금강산을, 그것도 단풍이 절정에 달해 있을 때가 보고 쓴 글이다. 문장도 세련되고 금강산을 누비며 바라보는 시선 또한 격조가 높다.

저물녘에 마하연의 여사(여관)를 찾았다. 산중에 사람이 귀해서였던가 어서 오십사고 상냥한 안주인의 환대도 은근하거니와 문고리 잡고 말없이 맞아주는 여관집 아가씨의 정성은 무르익은 머루알같이 고왔다

단풍의 계절에 산속 여관이 그렇게 한산했다니….

정비석은 「성황당」이란 작품으로(1937년 조선일보 당선작) 문단에 정식으로 데뷔했다.

성황당의 작품 세계는 이효석의 '산과 들' 풍의 세계와도 비길 것인데 한 세대 젊어서인가 감정세계가 더 한층 풍부하고 신선한 것이어서 당시 지식인의 자의식과 심리주의로 인해 피로한 문단에 실로 원시림을 대한 듯한 압도적인 인상을 던졌다.

그러나 우리는 피난 때 항도부산에서 신문 연재물로 내놓은 「자유부인」이란 작품으로 그를 더 기억한다. 프랑스 작가 플로베르의 「마담 보봐리」처럼 선풍을 불러 일으켰고, 법정 시비까지 간 작품이었다.

천하에 수목이 이렇게도 지천으로 많던가. 보이는 것이라고는 그저 단풍뿐 단풍의 산이요 단풍의 바다다. 산 전체가 요원 같은 화원이요 벽공에 의연히 솟은 봉봉은 그대로가 활짝 피어오른 한 떨기의 꽃송이다. 산은 때 아닌 때에 다시 한번 봄을 맞아 백화난만한 것일까 아니면 불의의 신화(신의 불)에 이 봉 저 봉이 송두리째

타고 있는 것일까.

설악에서 얼마 되지 않은 곳에 있는, 지금은 갈 수 없는 곳, 금강의 단풍을 정비석의 산정무한으로 상상하면서 그를 질투하였다.

만학 천봉이 한바탕 흔들리게 웃는 듯. 산 색은 붉을 대로 붉었다

내설악에의 나의 산정은 유한이었다. 산정유한….

가을은 또 어떻게 보낼까. 다시 산정무한을 찾아 읽으며 시공을 거슬러 그때 그곳에 나를 한번 세워 놓아 볼까. 손님이 없어 등잔 아래 외로이 앉아 책을 읽는 산속 여사의 아가씨를 보면서, 그리고 바람소리, 물소리, 나뭇잎 날리는 소리가 어울린 교향악인가 아님 어쩌면 곤히 잠든 산의 호흡인지도 모를 소리를 들으며 남포등 켜 놓고 혼자 울어 볼까. 해 뜨면 단풍이 끝도 없이 바위와 어울린 금강을 보며 신화를 읽은 오리가 되어 볼까.

아무래도 이 가을은 해인사에서의 한 자락의 추억과 「산

정무한」을 통한 한 가닥의 상상으로 그렇게 서서히 지나가
버리려나 보다.(1996)

강의 근원 우통수

-아비의 사랑

호야 지금 아비는 오대산 상원암이란 절에 들어 조그만
등잔 아래서 이 글을 쓴다. 상원암이란 큰 길에서 칠십
리, 월정사라는 이 산 본사에서도 사십여 리를 떨어진
한적한 절이다. 주봉인 비로봉이 이십 리다. 한강 그중
에서도 북한강의 수원인 우통수가 바로 이 절 근처에서
흐르니 오늘 네가 먹은 수돗물 중에 아비가 맛본 차고
단 우통수가 섞여 흘렀으리라.

시인 김상용이 그의 아들에게 보낸「오대산에 와서」란
편지의 서두다. 난 오랫동안 이 글을 작가 김동인이 그의
아들 일환에게 보낸 편지 형식으로 된「아기네」란 장편의
서두로 잘못 기억하고 있었다.

교통이 나빠서였는지 깊은 산에는 그때까지는 한 번도
가 본 적이 없었지만 오대산, 월정사, 상원암, 우통수 등은
내 머릿속에 오랫동안 가 보고 싶은 곳으로 강하게 입력되
어 있었다. 그러나 오대산은 내게는 아일랜드의 이니스프
리만큼이나 가 보기 힘든 곳이기도 하였다.

평론가 김환태의 '김상용론'을 줄여 소개한다.

그의 눈에 비친 생은 외로운 것이요 슬픈 것이요 안타
까운 것이다.

오직 회의의 잔을 기울이며
야윈 지축을 서러워하기도 하고
고독을 밤새도록 간직하기도 하고
내 넋은 암흑과 짝진 지도 오래거니.

그러나 여기에 그는 머무르지 않는다. 결코 침통하고
격렬하고 심각하지 않으며 과장과 수식도 버렸다. 자기
를 거부한 대상에의 이해를— 그리하여 사랑을 낳는다.

사랑은 완전을 기원하는 맘으로

결함을 연민하는 향기입니다.

결함 많은 생을 연민하고 어루만져 드디어 그를 그대로
받아들여 조용히 관조할 수 있는 높은 경지에 다다른다.

왜 사느냐는건 웃지요.

이같이 생을 관조하는 사람만이 가지고 있는 태도가 빚
어내는 이상은 아마도 창을 남쪽으로 낸 집일 것이요
그 집을 둘러싼 밭일 것이요 그 밭에 무르익는 강냉일
것이다.

「남으로 창을 내겠오」란 시뿐 아니라 「한잔 물」, 「노래
잃은 뻐꾹새」 등 그의 주옥같은 시는 어느 나이 때에 읽어
도 독자들을 몰입케 하는 매력이 있다.
　지금부터 몇 년 전이었을 게다. 손 여사와 나는 배낭을
지고 작년 가을에 썼던가 설악의 오색으로 갔다가 강릉에
와서 선교장을 둘러보고 진부로 향했다. 진부에 있는 서울
장 여관을 월정사 앞 서울장 여관으로 잘못 알고 예약하고
는 마지막 버스로 월정사에 들어갔으나 잘 곳은 없었고 차

편도 떨어쳤는데, 한 치 앞도 안 보이는, 별빛마저 잠든 어둠 속에 우린 내려졌다. 김상용의 편지 하나 읽고 굳이 오대산에 들르려고 했던 나를 손 여사가 이해했을까. 다행히 월정사 앞에서 장사로 늙은 한 노파의 집을 소개받아 2킬로미터쯤 걸었나. 그 와중에서도 약간은 추운 듯한 산 기운과 향내를 그리고 짙은 어둠을 즐길 수 있었던 것은 내가 낙천적이어서였을까.

시인 조지훈이 『문장』지 폐간호를 받고 월정사 아랫골 주막에 누워 하루 종일 통음하고 방성대곡을 했다는 곳일지도 모르는, 하룻밤 묵은 그곳에서 신세대 며느리가 끓여주는 원두커피의 향긋한 맛을 맛볼 수 있었던 것은 기대 밖의 일이었다. 조지훈은 스물두 살 때 월정사 불교강원의 외전강사로 일 년을 보낸 적이 있었던 것이다.

상원암, 아니 지금은 상원사로 격상한 그곳까지 이제는 버스가 들어가고, 우린 상원사를 둘러본 뒤 시인이 물을 마셨던 우통수를 찾아 나섰다. 서대 우통수란 안내문을 상원사에서 비로봉 가는 입구에서 읽고 길을 떠났지만, 아무리 가도 안내문은 그 이상 없었고 우린 사람들 틈에 끼어 적멸보궁이라던가 하는 가파른 길을 한참 올라간 절까지 따라갔다가 길을 잘못 든 걸 알고 되돌아왔다. 돌아오는

이니스프리
그 이루지 못한 꿈

길에 길도 없는 산에서 내려오는 두 사람을 만났는데 붙임
성 있는 손 여사와 말을 주고받다가 그들이 수종을 확인하
러 다니는 산림청 사람들이라는 것과 서대로 가는 길이 폐
쇄되었고, 그곳에 있는 우통수도 이미 오염되어 있다는 걸
알았다. 사람들은 왜 깊은 산속까지 오염시켜 우리의 전설
아닌 전설을 뭉개 버리는 것일까. 속이 상했다.

　오래된 나무들이 내뿜는 냄새의 향기로움….
　차고 단 우통수를 맛보며 소설가가 되고 싶었던 내 아버
지를, 신혼여행 떠날 때 눈물 글썽이는 눈으로 편지 한 장
을 손에 꼭 쥐여 주시던 그 사랑을 생각하려 했는데….
　결국 소설가가 되지 못해 그 편지는 내게만 의미가 있는
글이 되어 버렸지만 이젠 이 세상에 없는 아버지를 향해
내 가슴은 지금도 뜨겁게 소리치고 있다.
　아버지 당신을 사랑합니다라고.(1997)

효대와 일지춘심

2년 전이었나. 아니 그보다 더 되었을지도 모른다.(시간의 달음박질은 가늠하기가 어려울 때가 있기 때문이다.)

동네 제법 나이 든 여자 다섯이 봄바람을 타고 하동을 향해 떠났다. 섬진강은 차 타고 몇 번 지난 적이 있는 곳이었지만 그림같이 조용하고 깨끗한 강이라는 느낌은 언제 나였고 황포돛배가 조선시대 사람들을 싣고 바람에 실려 어디선가 나타날 것 같은 기분도 들었다. 쌍계사 벚꽃 구경은 처음이었고 박경리의 대하소설『토지』의 무대였던 평사리 입구도 보았다. 화엄사는 두 번째였는데 소박하고 조금은 열려 있는 것으로 기억에 있던 그 절은 간데없고 충남에 있는 현충사같이 잘 정돈되어 화엄사의 어떤, 꼭 집어 말할 수는 없는 그런 특징이 없어진 듯했다.

이니스프리
그 이루지 못한 꿈

일유봉은 해 뜨는 곳, 월유봉은 달 뜨는 곳

동백림 우거진 숲을 울 삼아 둘러치고

네 사자 호위 받으며 웃고 서 계신 저 어머니

천년을 한결같이 비가 오나 눈이 오나

어여쁜 아드님이 바치시는 공양이라

효대에 눈물 어린 채 웃고 서 계신 저 어머니

　노산 이은상이 화엄사에 있는 효대(연기조사가 그 어머니의
명복을 빌기 위하여 사자 석탑을 만들고 그 속에 부인의 상을 세우
니 그의 어머니요, 그 앞에 작은 탑을 만들고 그 속에 자기 상을 세워
공양하는 것을 표시하였는데 그곳을 효대라 부른다)를 보며 지은
시이다. 연기조사와 그의 어머니의 상은 많이 마모되어 그
형상이 뚜렷하지는 않지만 법문에 들어간 아들의 공양은
좀은 색다른 느낌으로 다가오곤 했다. 온화한 사랑의 기
분도 맴도는 마주 보는 두 석상 중간에 서서 이은상의 「효
대」란 시를 생각해 보았다.
　이은상에 대해서는 그 동서고금을 종횡무진하며 강의
했던 양주동 선생님에게서 들은 이야기가 있다. 동경 유학
시절 이은상은 양 선생님에게 습작한 시를 보여주며 자문

을 구했다 했다. 그러나 그것들은 당신을 능가할 만한 것이 못 되어 좀은 안심하고 있었는데, 어느 날 가져온 구름을 묘사한 시 한 구에 무릎을 탁 치고 말았다 했다. 구름이 꼭 강아지 같다는 시구 밑에 "'오요요' 하고 싶은 마음"이란 구절이 있었다. 지금은 강아지 부를 때 혀끝을 아랫니와 아래 입술을 자극하여 내는 소리 '오요요'(이은상의 표현)로 하지 않을지 모르지만, 예전엔 그런 소리로 강아지에게 의사 표시를 했었다. 양 선생님은 그 시구에서 그분의 필재가 남다름을 인정했던 것이다.

우리는 이은상을 「가고파」 중에서 "내 마음 색동옷 입혀"라는 구절로 더 기억한다. 나는 이 시구 하나만으로도 그가 영원히 우리 민족의 기억 속에 살아남아 있을 것이라는 생각을 한다. 왜냐하면 이처럼 우리 민족 고유의 정서와 어린 날로 돌아가고픈 마음을 잘 나타낸 구절은 없다고 생각하기 때문이다.

1926, 1927년 프로문학 세력에 대항하여 국민문학 운동을 일으켰다. 시조는 국민문학 운동에 있어서 구체적으로 의거한 하나의 전형적 문학 형식이 되었다. 노산 이은상은 그 시풍이나 동양적 무상을 노래한 점에 있어

서, 시조 형식으로 즐겨 시를 쓴 점에 있어서 이 시기를
대변한 시인이다.

섬진강 변에서 재첩국을 먹고 돌아오던 길. 가로수 되어
서 있는 벚나무에서 무리 져 떨어지는 꽃잎 아래 배꽃이
만발한 과수원이 있었다. 아! 달빛에 배꽃을 보았다면….

이화에 월백하고 은한이 삼경인제
일지 춘심을 자규야 알랴마는
다정도 병인 양하여 잠 못 들어 하노라

단 한 수 이 시조가 전함으로 국문학사에 그 이름이 오
른 이조년의 춘심을 내 어찌 알지 못하리. 달빛 아래 배꽃
이라…. 고려 말 정권 실세로 전횡을 휘두르던 이인임이
그의 손자라던가.

올 4월은 또 어느 곳에 가서 어느 가슴 따뜻했던 시인과
환상적인 만남을 만들어 볼 수 있을까.(1997)

경주

-목월과 지훈

경주가 벚꽃으로 유명해지기 훨씬 전에 우리는 진해를 버리고 경주를 택했다.

불국사 앞 벚나무가 무리 져 있는 풀밭 위에 앉아 구름 같은 꽃들을 보며 감탄하고 그 사이로 떨어지는 꽃잎을 보며 "꽃이 지기로서니 바람을 탓하랴"(조지훈 「낙화」)를 읊기도 했다. 허나 이제는 사람이 너무 많아 경주도 버릴 때가 되었다 싶었는데 어느 해였던가 가을에 처음 찾은 경주는 참으로 낯설고 폐허가 된 "오백 년 도읍지를 필마로 돌아드는" 기분이었다. 그 많은 사람들은 어디로 갔는가. 빨갛게 물든 벚나무 잎들, 낙엽, 바람 그리고 스산한 나의 가슴만이 있었다.

경주 한국콘도 앞 호숫가 목월공원엔 목월의 시비가 있

다. 내가 좋아하는 「나그네」란 시는 없고 「달」이란 시가 새겨져 있었다. 나그네가 새겨져 있었으면 더 좋았을 걸 못내 아쉬워했다. 왜냐하면 그 시에는 이야기가 있기 때문이다.

조지훈 시인은 "「완화삼」이란 졸시를 목월에게 보내기도 하였다. 목월의 시 「나그네」는 이 「완화삼」에 화답하여 보내준 시이다. 압운이 없는 현대시에는 이렇게도 절실한 심운이 있다는 것을 보여준 시였다."라고 말했다.

「완화삼」은 그 제목 밑에 "-목월에게-"로 되어 있고 그 3연에 "나그네 긴 소매 꽃잎에 젖어/술 익는 강마을의 저녁노을이여"라고 되어 있다.

여기에 화답한 목월의 「나그네」는 그 제목 밑에 "…술 익는 강마을의 저녁노을이여-지훈-"이라 되어 있다. 「완화삼」의 "술 익는 강마을의 저녁노을"이 「나그네」의 "술 익는 마을마다 타는 저녁놀"로 새롭게 태어난 것이다.

같은 『문장』지 출신이었지만 목월과 지훈은 안면이 없었다. 지훈은 초면의 어떤 시인이 경주서 목월을 만나고 왔다는 소리를 듣고 그때까지 경주를 가 보지 못했던 터라 목월도 만날 겸 무조건 그에게 편지를 썼고 답장을 받

은 후 경주로 갔다. 그들은 상대의 시는 알았겠지만 얼굴
은 서로 몰랐기 때문에 마중 나온 목월은 박목월이란 깃대
를 들고 서 있었다 한다.

　…그리고 얼마 후에 본인이 그 당시 살던 경주에 나타
　났다. 그의 밤물결 같은 장발을 바람에 휘날리며 산을
　건너다보던 모습과 후리후리한 키에 희멀겋게 시원한
　얼굴과 장자지풍이 있는 너그러운 몸가짐…

목월이 지훈을 본 첫 소감이다.

　1946년 조지훈 박목월 박두진 세 사람은 공동시집 청록
　집을 내었다. 3인 모두 1939년 『문장』지 추천으로 문단
　에 데뷔, 자연을 소재로 자연을 찬미한 서정시집 청록집
　을 낸 후 청록파 혹은 자연파라는 이름이 생겼다.

　1941년 『문장』지가 일제의 우리 문화 말살정책에 의해
폐간되고 나서 작품 발표의 터를 잃고 5년 동안 붓을 꺾었
던 그들이 해방 이듬해 『청록집』을 내게 된 것이었다.
　솔직히 말해서 나는 목월의 시보다는 지훈의 시를 더 좋

아한다. 지훈의 절제된 언어는 한시를 방불케 하고 그의 시가 기교적이라고들 하지만 인위적인 데는 없다고 생각한다. 차라리 목월보다도.

하지만 그 가을의 어느 날 목월의 「나그네」는 퇴색한 벽지 같은 내 오랜 애기 하나를 선명한 빛깔로 칠해 주었다.

추석 때였다. 경기도 과천에 선산이 있었다. 지금은 군사독재 시절 유도탄 기지라나 뭐라나에 수십만 평이 넘는 선산을 산소 옮기는 비용 몇 푼 받고 다 빼앗겼지만, 거기엔 수백 그루의 밤나무가 있었다. 그때만 해도 밤나무가 흔치 않아 귀하게 대접받을 때였다.

대학 4학년 때 손 교수님, 학과 친구들 한 떼가 몰려들 갔다. 밤 서리 때문에 묘지기가 한 그루만 남겨둔 밤나무에서 밤을 흔들어 떨어뜨린 후 발로 까서 밥 짓고 고기 굽고 노래하고 시 읊고…. 추석 때라 그곳에는 몰래 빚은 술이 있었고 손 교수님은 그 맛이 일품이라고 즐거워하셨다. 저녁노을이 타던 무렵 흙먼지 날리며 한 시간에 한 번 다닐까 하는 버스는 만원이라 걷기로 했다. 구름에 달 가듯이 우린 나그네가 되어 걸었다. 산굽이 돌면 마을이 있고, 그 어귀엔 주막이 있었다. 거기엔 틀림없이 잘 익은 술이 있었으며, 절도 있는 교수님은 맛만 보시고 우리와 기분에

취한 척하셨다. 그 경험으로 술 익는 마을은 내게 가슴에
와 닿는 시구가 되었다.

경주라는 (넓고도 좁은) 지역에서 자연에 몰입했던, 그리
고 젊은 날의 슬픔과 고독, 사모를 노래했던 목월의 시 정
신은 경주의 한 곳을 넘어서서 우리 모두의 마음을 묘한
한국적 정서로 몰아넣는다.

이 가을에도 경주의 벗나무 잎들은 단풍이 되어 떨어질
것이고 목월의 「나그네」는 우리 마음속에 영원히 새겨져
있을 것이다.

이니스프리
그 이루지 못한 꿈

한 점 '신선의 섬'
남해

　겨울이 다가오는 길목, 남쪽 바다 한 자그마한 섬에서 남해대교를 바라보며 내친김에 남해를 한번 둘러볼까 망설이고 있었다. 몸은 그대로 거기에, 그러나 마음은 남해에 가 있었다. 30년 전쯤일까? 봄날 같은 어떤 겨울날 남해 금산에 간 적이 있었다. 우리의 계획은 금산 꼭대기까지 올라가 거기서 밥해 먹고 음악으로 즐기며 하룻밤 묵을 요량이었다. 그러니 얼마나 짐이 많았을까?

　금산이 그렇게 경사가 급한 산인 줄 몰랐기에 용감했던 것이다. 기진맥진해 금산에 올랐을 때는 겨울철 짧은 해가 이미 서쪽으로 넘어간 뒤였다. 오리털 외투를 걸치고도 벌벌 떨리는 산장 마당에서 밥을 하고 고기를 굽고… 이미 추억 속에 한 이야기가 되고 말았지만 '금산' 하면 이성복의 시보다는 더 생각나는 일이기도 하다.

시인 이성복은 남해 금산을 이렇게 노래했다.

한 여자 돌 속에 갇혀 있네

그 여자 사랑해 나도 돌 속에 들어갔네

어느 여름 비 많이 오고

그 여자 울면서 돌 속에서 떠나갔네

떠나가는 그 여자 해와 달이 끌어 주었네

남해 금산 푸른 하늘가에 나 혼자 있네

남해 금산 푸른 바닷물 속에 나 혼자 잠기네.

누군가가 이성복의 시를 읽고 이렇게 말했다.

알 듯 모를 듯하면서 결국은 모르겠는 시… 시가 워낙
내성적이라서 상처 입은 영혼의 두서없는 읊조림처럼
보이기도 했다.

남해 섬은 남해 한가운데 있다 해서 남해라 했다고 하는
데 원래 이름은 화전, 우리말로 꽃밭이다. 조선 중종 때 문
신 자암 김구가 남해로 유배되어 갔을 때 지은 「화전별곡」

이니스프리
그 이루지 못한 꿈

이라는 경기체가에는 그곳의 뛰어난 풍경과 그 속에서 풍류를 즐기던 자암의 정서와 감회가 잘 나타나 있다.

> 하늘 끝, 땅 끝, 한 점 신선의 섬
> 왼쪽은 망운산, 오른쪽은 금산, 봉냇물 고냇물 흐르고
> 산천이 기묘하게 빼어나 호걸준걸 모여나니, 인물 번성
> 하네
> 위, 하늘 남쪽 아름다운 경치, 그것이 어떠합니까?

남해는 유배지로서도 유명했던 모양인데 또 한 사람, 서포 김만중도 그곳에 유배되었다. 서포가 유배되었던 곳은 남해 백련마을에서 배로 한 10분 걸리는 노도란 섬인데 옛날 그곳에서 배의 노를 많이 생산했다 하여 붙여진 이름이라 한다. 서포는 그 작은 섬에서 1689년부터 3년간 유배 생활을 하면서 『사씨남정기』와 『서포만필』을 집필했고 특히 문학 비평서인 『서포만필』에선 국어로 표현된 문학이 참문학이라는 국문학론을 펴서 국어 존중론을 주장하기도 하였다. 그는 노도에서 55세의 나이로 생을 마감하였다. 그곳에서 자기가 파 놓은 옹달샘의 물을 마시고, 솔잎 피죽을 먹으며 근근이 연명한 것으로 전해지고 있다.

같은 유배생활을 하면서도 어떤 이는 가극안치, 가시 울타리 안에 가두어 두는 형벌을 받았고, 어떤 이는 풍류를 즐길 수 있었다니….

그러나 뭐니뭐니해도 남해에선 이순신 장군을 생각하지 않을 수 없다. 부산 YWCA의 문화기행을 남해로 갔을 때는 남해군에서 배려해 준 안내자가 있어 충무공에 대한 남해의 모든 유적지를 두루 살펴볼 기회가 있었다. 그가 생을 마감했던 노량바다, 관음포, 충렬사, 이락사, 거북선 등을 돌아보면서 용렬한 임금 선조 때문에 이순신 장군이 전사하지 않았으면 더 비참한 일을 당했을지도 모른다는 생각을 했고 나라에 공을 세우고도 그가 설 자리가 없었던 것을 한탄하기도 했다. 〈여인천하〉라는 드라마에서는 창빈 안씨가 지혜롭고 덕이 있는 여인같이 보였는데, 그의 손자인 선조는 왜 그 모양이었는지.

호구산 용문사에는 조선 인조 때의 학자 유희경의 시집인 『촌은집』을 간행키 위해 만든 판목 '촌은집책판'이 있다. 그는 부안의 명기 매창의 정인으로, 천민이었다. 허나 상례법에 정통하고 학문이 높아 당시 이름난 사대부들과 교류하기도 했는데, 촌은의 집 문 앞으로 흐르는 개울물가에 있는 바위를 침류대(枕流臺)라 이름 짓고 그곳에서 이

이니스프리
그 이루지 못한 꿈

름 있는 문인들과 시로 회답하였다 한다.

나는 몇 년 전 가을, 비원에 가 볼 기회가 있었는데 "유희경의 옛집 뜰이 후에 창덕궁의 담장 안으로 편입되어 현재 창덕궁 내각(규장각) 뒤뜰에 있는 오래된 전나무가 바로 유희경이 심은 것이라 한다."는 기록을 읽은 기억이 나서 안내하는 사람, 해설하는 사람에게 물어보았으나 아는 이가 한 사람도 없었다. 나만 바보가 된 기분이었다.

촌은집에는 유희경이 매창을 그리워하며 지은 시들이 있다.

> 그대의 집은 부안에 있고 나의 집은 서울에 있어,
> 그리움 사무쳐도 서로 못 보고
> 오동나무에 비 뿌릴 때면 애가 끊기네.

매창도 유희경을 그리워하는 시조 한 수를 남겼다.

> 이화우 흩날릴 제 울며 잡고 이별한 님
> 추풍낙엽에 저도 나를 생각하는가
> 천 리에 외로운 꿈만 오락가락 하노라

내 상념은 남해를 넘어 촌은과 매창 그리고 허균에까지 뻗어 나가고 있었다.

허균은 유희경이 천민이지만 한시에 능하다고 말한 바 있고, 매창과 밤새 시를 주고받으며 대화했으나 그저 시로 잘 통하는 사이 이상은 되지 못했다. 부안에 있는 매창 공원에 가 본 적이 있는데 허균의 한시와 매창의 한시가 시비에 여럿 새겨져 있었다. 유희경과 매창을 생각하면서 허균을 떠올리는 것은 이런 이유에서일 것이다.

남해… 한 점 신선의 섬은 여전히 나를 손짓해 부르고 있었다.

매화 옛 등걸에

봄이다.

어디선가 매화가 꽃망울을 터뜨리고 있을 것이고 산수
유가 온 산을 노랗게 물들이고 있을 것이다.

봄이 되어 부산 Y에서 여행 갈 때는 언제나 벚꽃 필 무
렵이어서 이미 매화는 거의 다 지고 산수유는 노란 꽃술만
보고 오곤 했었다. 산청은 주로 황매산 철쭉을 보러 가곤
해서 산청의 그 유명한 오래된, 그리고 심은 사람이 분명
한 토종 매화가 핀 모습을 보지 못했다.

몇 년 전이었을 것이다. 부산 Y의 조 선생에게 넋두리처
럼 이렇게 말한 적이 있다.

"산청 매화 필 때 꼭 가서 옛 등걸에 핀 매화를 볼 수 있
으면 좋겠는데 같이 갈 사람이 없네."

"제가 모시고 가지요."

너무 쉽게 소원이 이루어진 것 같아 좀 싱겁기까지 했는데 꽃 필 때가 되어도 아무 소식이 없었다. 밤이면 매화 꽃망울 터지는 소리에 잠을 이루지 못할 정도로 간절했다. 할 수 없이 문자를 보냈다.

아가씨들 매화 옛 등걸에 꽃은 피었는지요?

당장 답이 왔다. 산청에 꽃이 피었나 전화해 보고 날을 잡아 연락해 주겠다 했다.

나이 든 처녀가 아가씨란 말에 기분이 좋았다나.

하여튼 네 사람이 한 차에 타고 산청을 향해 떠났다. 춘설이 난분분한 날도 아니고 쾌청하고 햇빛도 따뜻한 최상의 날이었다.

산청에는 본래 10여 그루의 몇백 년 된 매화나무가 있었다는데 이제는 야매까지 합쳐야 네 그루만 남아 있다 한다. 야매는 아마 들에 있는 심은 사람이 확실치 않은 매화를 뜻함이렸다.

심은 순서대로 매화를 보기로 했다.

원정매. 고려 말 원정공 하즙이 심었다 해서 붙여진 이름이라는데 대원군이 '원정구려'라는 이름을 붙인 집 사랑방이라 할 수 있는 방 앞에 680여 년을 버텨 온 나무라 한다.

　주인 없는 집 대문은 잠겼고 그래서 동네 분의 도움으로 뒷 담장 뒤에 있는 감나무 밭을 지나 담장을 넘어 그 집 안 뜰로 들어갈 수 있었다. 전에도 몇 번 그 담장을 넘어 매화를 보러 간 적이 있었지만, 꽃은 벌써 다 지고 오래된 그래서 거의 검은 가지에 달린 잎만 보았을 뿐이었다. 매화 옛 등걸에 핀 매화를 보았을 때는 이게 꿈이 아닌가 싶었다. 창호지 바른 문 하나로 긴긴 추운 겨울을 나면서 목 빼어 기다린 봄이 아니던가. 그 봄의 전령, 그것도 고고한 꽃을 보는 선비의 기쁨을 알 것 같았다.

　원정공, 그가 매화를 심어 놓고 지은 시를 보며 난 매화가 다 매화던가, 혼자 중얼거렸다.

　　집 양지 일찍 심은 한 그루 매화
　　찬 겨울 꽃망울 나를 위해 열었네.

　　밝은 창에 글 읽으며 향 피우고 앉았으니
　　한 점 티끌도 오는 것이 없어라.

어디선가 한 줄기 바람이 비단처럼 내 몸을 휘감듯 지나

갔다.

'이게 무슨 냄새지?'

순간 아 이게 매화의 암향이구나. 선비들이 그토록 노래
했던 그 향기로구나. 그동안 매화의 향기를 거의 못 맡아
본 내게 그 은은하면서도 진한 향기는 지금도 잊히지 않는
감각의 기억으로 남아 있다.

신라시대 창건된 사찰 단속사지에 있는 매화나무 '정
당매'는 강희안이 쓴 우리나라 최초의 원예서 『양화소록』
「매화편」에 이렇게 기록되어 있다.

> 우리 선조 통정(通亭, 할아버지 강회백을 말함)이 어려서
> 지리산 단속사에서 책을 읽었다. 그때 절 마당 앞에 손
> 수 매화 한 그루를 심어 놓고는 시 한 수를 지었다.

정당매라 함은 고려 말 강회백의 정당문학이란 벼슬 이
름에서 딴 것이라 한다. 수령은 약 630년. 강회백은 원정
매를 심은 하즙의 외손자가 된다. 할아버지와 손자가 심은
나무가 아직도 건재하고 있다는 것이 더 신기했다.

정당매는 단속사가 없어져서 그런지 예쁜 철제 울타리

속에 잘 보전되어 있었다. 나무의 모양도 잘생겼다. 그래서인지 사진 찍는 사람들이 제법 있었다. 거기서 사진 전문가가 매화를 찍기 위해 카메라를 세워 놓고 한 매화에 분무기로 물을 뿌리면서 사진 찍을 순간을 기다리고 있는 것이 보였다. 가까이 가니까 그는 우리에게 카메라로 꽃을 보라고 해 주었다.

나는 그때 한 송이 꽃을 피우기 위한 우주의 합일하는 힘도 물론 대단하지만 한 송이 꽃을 사진으로 남기는 사진사의 노력도 대단하다는 생각을 했다. 무어라 말할 수 없는 감동이 일었다. 다시는 그런 매화의 아름다움을 볼 수 없을 것 같았다. 내 바람이 다 이루어진 순간이었다. 이제는 매화 꽃망울 터지는 소리로 잠 못 이루는 밤도 없을 것이다

발길을 돌리면서도 조금은 허전하기도 했지만 원한 것 다 이루었다는 생각도 떨쳐 버릴 수가 없었다.

산천재의 남명매를 보러 가면서 남명이 강회백의 절개 없음을 탓하는 시를 생각하며 고소를 금치 못했다. 그리고 산천재에 그려져 있는 그림을 생각했다.

절 부서지고 중 빠리하고 산도 옛날 같지 않은데

전 왕조의 왕은 집안 단속 잘하지 못했다네.
추위에 지조 지키는 매화의 일 조물주가 그르쳤나니,
어제도 꽃을 피우고 오늘도 또 꽃을 피웠도다.

산천재에 있는 그림은 중국의 고사이다. 허유가 요임금이 왕자리를 주겠다고 하니까 더러운 소리를 들었다고 냇가에서 귀를 씻고 있는데 한 농부가 물을 먹이려고 소를 몰고 와서 그 소리를 듣고 더러운 귀 씻은 물을 소에게 먹일 수 없다고 끌고 가는 그림이다. 위의 시나 중국의 고사를 그린 벽화나 그 절개의 대단함을 느낄 수 있는데 남명 전에 그보다 더한 한 사람을 생각하고 나는 한숨을 지었다.

수양산(首陽山) 바라보며 이제(夷劑)를 한(恨)ᄒ노라.
주려 주글진들 채미(採薇)도 ᄒᄂ것가.
비록애 푸새엣 거신들 긔 뉘 짜헤 낫ᄃ니.

성삼문. 그는 절개로 이름난 백이 숙제보다 한술 더 뜬 사람이고 그래서 목숨까지 버린 충의의 사람이었다. 매화 이야기에서 약간 벗어나긴 했지만 남명을 생각하면 떠오르는 이야기니 어쩔 수가 없지 않은가.

남명매는 매실을 달고 있을 때 본 적이 있다. 나무도 잘 생기고 못생긴 게 있는데 남명매는 원정매나 정당매보다 잘생기지 못했다. 연륜도 훨씬 못 미치고 모습도 그렇고.

　한껏 눈을 높여 놓았으니 이젠 매화를 보아도 별 감동이 없을 것 같다는 생각을 하면서 아쉬운 작별…. 그리고 또 한 번 중얼거렸다.

　매화라고 다 매화인가.

우리는 진정한
봄의 향유자인가

지금은 남의 땅 - 빼앗긴 들에도 봄은 오는가?

1973년 초여름이었다. 팔공산을 다녀오는 길에 대구에서 기차를 타려고 얼마간 머문 적이 있었다. 기차 시간까지는 제법 여유가 있어서 쉴 곳을 찾다가 달성공원으로 낙착이 된 듯싶다.

오래전의 일이라 정확한지는 모르겠지만, 그때 기차역 근방에 이런 좋은 공간이 있다니 대구가 부산보다는 훨씬 여유롭고 문화스럽구나 하는 생각을 했었다.

따가운 햇살에 사람들은 그늘 아래 거의 다 들어가 있었지만, 여러 종류의 동물들도 있고 꽃들도 예쁘게 피어 있어, 난 이리저리 호기심에 차서 돌아다니고 있었다.

문득 제법 큰 사각형의 비석이 눈앞에 서 있는 것이 보였고 무심코 본 비석 위의 글은 '상화시비'였다. 순간 '아, 상화란 분이 대구 출신이었구나' 하며 적혀 있는 시를 보니 「마돈나 나의 침실로」라는, 내 기대와는 다른 시였다.

그가 '백조파'의 동인이었으며 백조파는 낭만주의 시인들로 대표되는 문예동인지였음을, 그리고 그가 불문학을 전공한 시인이었음을 그때야 절감했다. 마돈나란 말부터가 서구적이고, 침실이란 어휘도 우리의 것 같지가 않아서 별로 좋아한 시가 아니었기 때문이다. 요즈음은 좀 달라졌지만 우리나라에 침실이란 개념이 있었는가. 침실이 거실이요 응접실이고 또 식당이었던 것을.

「빼앗긴 들에도 봄은 오는가」. 이 시는 1926년 『개벽』 6월호에 실린 것이다. 이 시의 첫 행을 처음 읽었을 때의 감동을 쉴러의 말로 인용해 본다면 '전 의식을 진동할 만큼의 깊은 감정이 작용함' 바로 그것이었다. 나는 여태껏 하나의 조각, 몇 점의 그림, 십수 편의 시, 그리고 음악 등에서 이런 경지를 체험했는데 36년간의, 말로는 표현할 길 없는 우리의 고통을 이 시의 첫 행이, 그리고 마지막 행이 다 말 해 주고 있다는 생각이 들었다. 봄이 온 들녘을 바라보고 있는 한 시인의 독백이다. 빼앗긴 땅인데 봄은 오는

가. 지금은 들을 빼앗겨 봄조차 빼앗기겠네.

그러나 1943년 그는 도로 찾은 땅에 찾아온 봄을 보지 못하고 타계했다.

이 시를 그의 대표작으로 꼽지 않은 것은 이 시에 낭만적 요소보다는 신경향파적인 요소가 다분히 있기 때문이라는 생각이 든다. '백조파 시인들은 그 이념에서는 낭만주의요, 예술관에서는 유미적인 것이다.' 이 조건들을 충족시켜 주는 시는 「마돈나 나의 침실로」였을 것이다. 그러나 이 시의 신경향파적인 색채를 서구적 낭만주의의 격정이 우리의 것과 잘 조화된 것이라고 보는 견해도 있다.

우리는 곧잘 억압에서 자유를 찾은 것을 봄으로 표현한다. 프라하의 봄이니 서울의 봄이니…. 그래서 박두진은 자유에 대한 소망을 이렇게 노래했다.

복사꽃이 피었다고 일러라 살구꽃도 피었다고 일러라 너희 오오래 정 드리고 살다 간 집 함부로 함부로 짓밟힌 울타리에 앵도꽃도 오얏꽃도 피었다고 일러라

상화 그는 한숨을 지었고 박두진은 희망을 노래했다.

1990년 두 번째 빠리에 갔을 때 그때도 겨울이었다. 개

선문에서 콩코드 광장을 향해 샹젤리제를 걸어 내려오고 있었는데 사람들은 길가에 별로 없었다. 엘리제 궁 정문을 지나니 작은 공원이 하나 나타나는데, 거기 흰 조각상이 누구의 관심도 끌지 못하고 서 있는 것이 보였다. 그냥 지나치려다가 마음 고쳐먹고 쓰여 있는 글을 보니 '알퐁스 도떼'라는 낯익은 이름이었다. 순간 「마지막 수업」이란 그가 쓴 단편 소설이 생각났고, 왜 그가 조각상이 되어 그 자리에 있는지를 알 것 같았다. 알사스 로렌 지방의 한 학교에서 프랑스말 마지막 수업을 하는 장면을 묘사한 글인데, 그 지방이 독일 땅이 되어 더 이상 불어를 가르칠 수 없게 된 약자의 슬픔이 그려져 있다.

공원에서 오른편으로 보이는 콩코드 광장 한복판에 우뚝 서 있는 오벨리스크를 보면서 묘한 기분이 든 것은 그 오벨리스크가 이집트 땅 룩소루에서 옮겨와 그 자리에 있다는 사실 때문이었다. 선물로 받은 것이라고는 하지만 빼앗긴 자의 슬픔과 뺏은 자의 오만함이 깃든 두 조형물을 보면서 빼앗기고 빼앗는 것이 거듭되는 인간의 역사를 생각했다.

이 3월에 빼앗긴 봄을 찾기 위해 피 흘린 많은 선열들을 생각한다. 이제 빼앗겼던 땅도 찾았고 봄도 왔건만 그 봄을 향유할 참다운 우리는 어디에 있는가.(1995)

2장

드디어
이니스프리에

프로스트의
노란 숲속을 걸으며

"노란 숲 속에 두 길이 나 있었습니다."로 시작되는 로버트 프로스트의 「가지 않았던 길」은 가을 단풍 든 길을 갈 때 생각나는 시이기도 하고, 누구든 걸어 보았을 그 길에서 어떻게 그런 시를 쓸 수 있었을까 감탄케 하는 시이기도 하다.

5년 전이었던가 미국의 콜럼버스 휴일이 끼어 있는 가을날이었다. 미국인 남자와 결혼한 사촌 여동생이 가족과 함께 부산에 왔을 때 경주로 길라잡이를 잘해 준 답례로 그 제부가 내가 그토록 원했던 로버트 프로스트의 시가 탄생한 곳으로 우리를 안내해 주었다. 그는 보스턴 출신이고 또 지금도 그곳에 살고 있는 터라 뉴잉글랜드 지방에 대해서는 잘 알고 있었다.

고속도로가 아닌 시골길만 골라서 우리는 뉴햄프셔에

있는 프로스트의 집으로 향했다. 익히 알고 있을 터이지만 그곳 시골길의 아름다움이란… 감탄사의 연발이었다. 달력이나 퍼즐, 축하 카드에서나 볼 수 있는 흰 벽에 빨간 지붕을 한 집 앞에 큰 나무 두 그루, 하나는 노랗게 하나는 빨갛게… 나무 밑에는 낙엽이 푹신해 보이도록 쌓여 있는 집들… 끝없이 펼쳐진 단풍 든 숲… 가도 가도 끝이 없었다. 내가 살아온 동안 본 단풍도 이렇게 많지는 않았으리라고 감탄하면서 노란 잎새를 반은 떨어뜨리고 반은 달고 있는 나무숲 사이로 햇빛이 밀물처럼 쏟아져 들어와 벌이고 있는 황홀한 시각적 영상들을 눈이 시리도록 바라보았다.

뉴햄프셔 슈가힐에 있는 그의 집 앞에서 한 우체통이 눈에 들어왔다. R. FROST 우체통은 그 이름을 달고 그가 살고 있었을 때부터 그렇게 그 자리에 서 있었을 것이다. 형용할 길 없는 감동이 마음에 일었다. 잠시 발길을 멈추고 그 자리에 서 있을 수밖에 없었다.

아침 일찍이라 문을 열 시간이 아니었다. 우리는 버몬트에 있는 프로스트 트레일(프로스트의 길)에 가야 했기 때문에 문 열 시간까지 기다릴 수가 없었다. 나는 그 집 테라스에 길게 누워 있는 그의 의자에 앉아 앞을 바라보았다. 시인이 그랬을 것이라 생각하면서. 가까운 곳도 멀리 보이는 산도 그저 단풍이었다. 현란한 빛깔들의 축제… 집 주위에 걸려 있는 그의 시들을 보면서, 또 푹신한 낙엽을 밟으며 잠시나마 여유로운 시간을 가졌다.

버몬트에 있는 그의 트레일에는 제법 사람들이 많았다. 제일 많이 알려진 곳이기도 했으니까.

그가 매일 산책하며 시상을 얻었다는 길을 따라 그의 시들이 전시되어 있었다. 두 길로 갈라지는 곳에는 내 예상대로 "노란 숲속에 두 길이 나 있었습니다"라는 시가 걸려 있었다. 그는 거기서 어느 길로 갈까 잠시 머뭇거렸을 것이다. 그리고 인간은 어차피 한 길만을 선택할 수밖에 없음을 새삼스레 깨달았을 것이다. 그래서 그의 「가지 않았던 길」이란 시가 탄생되었던 것이 아닐까?

가을의 햇빛 아래 노란 길을 걷는 사람들의 모습을 보면서 인상파의 수법으로 그림 한 장을 그릴 수 있으면 얼마나 좋을까 생각했다. 화가도 아니면서…. 그저 흘러가는 시간의 한순간을 지워지지 않을 영상으로 남기고 싶었던 것이다.

여행이 끝난 뒤 얼마 후 내게 자그만 소포가 왔다. 사촌 동생이 찍은 비디오였다. 그 비디오 케이스에 제부가 이렇게 썼다.

Wan-Hee's the best Autumn in her life

(완희 생애 최고의 가을)

지금도 그곳에는 끝이 보이지 않는 단풍 숲이 있을 것이다. 그리고 뉴햄프셔 그의 집 앞에는 가서 다시는 돌아오지 않을 주인의 이름을 달고 있는 우체통이 지금도 서 있을 것이다. 버몬트 그의 트레일에는 사람들이 지금도 그의 시를 신화처럼 읽으며 노란 숲속을 거닐고 있을 것이다.

5월이 선사한 행운
-롱펠로우 집과 레드클리프 대학

이국의 길거리를 지나가다 문득 아는 이름의 건물이나 장소를 우연히 발견하게 될 때, 책에서만 읽었고 교실에서만 배웠던 것을 직접 대하는 그 기분은 한마디로 표현하기가 어려울 것이다. 조금은 반갑고 낯선 것 같으면서도 낯익은, 그리고 신기하기도 하고 행운을 잡은 것 같기도 한 그런 감정이라고 말할 수 있을까.

1979년 미국의 보스턴은 조용하고 격조 높은 도시 같았다. 규모가 작아서인지 파크라 하지 않고 퍼블릭 커먼(Public common)이라 부르는 공원에 5월 초인데도 튤립이 지천으로 피어 있었다. 긴 겨울 동안 건물 속에 갇혀 있던 사람들은 점심시간이면 작은 깔개와 간단한 점심을 들고 공원으로 몰려들 나온다. 그 시간의 건물들은 다 텅텅 빈 것 같은 느낌이 들 정도로 공원과 시장 주위

는 사람들로 가득 찬다. 우리도 김밥을 싸 들고 그들 중
한 부분이 되어 따사로운 햇빛과 꽃내음과 풀향기를 만
끽하곤 하였다.

찰스 강을 끼고 보스턴과 캠브릿지는 마주 대하고 있다.
그 강 다리 하나의 이름이 롱펠로우였는데 그때까지 난 그
사실을 몰랐었다.

캠브릿지의 하버드대학 근처를 지날 때였다. 문득 눈에
띈 것이 롱펠로우 집이었고 하버드 쿱(coop)에서 루빈스타
인이 연주한 쇼팽 〈피아노 협주곡 제1번〉 레코드판을 찾
지 못해 속이 상해서 집으로 돌아오던 길이었다. 깨끗이
정돈된 정원과 대궐 같지도, 그렇다고 서민의 집 같지도
않은. 그래서 '시인인 주제에'(박완서의 「주말농장」) 집은 꽤
괜찮은 데서 잘 살았구먼 하는 마음이 들었다.

미국의 시인, 메인 주 포틀랜드 출신. 하버드 대학 교수
때 그 대학 문인들의 중심적 존재가 되었다. 유럽숭배,
회고 취미의 경향은 있으나 미국 시인 중 이 사람만큼
일반 민중과 친밀하고 세계적으로 인기를 얻은 시인도
없을 것이다. 대표작 산문시 「에반젤린」 등

「에반젤린」을 읽으면서 가슴 저리는 경험을 하지 않은 사람은 드물 것이다.

그 애정의 아름다움은 만인의 심금을 울려 전 세계에 걸쳐 번역, 극화 영화화되었다.

「에반젤린」 말고도 교훈시 같지만 좋아했던 그의 시가 두어 개 더 있다.

「화살과 노래」란 시와 「날은 춥고 어둡고 음산한데」라는 시는 그 운율과 내용이 무척 아름답고 공감이 가는 내용이라 지금도 애송하고 있는 시다.

시인이 시를 썼다는 방과 그의 아들이 그렸다는 그의 초상화를 보면서 미국에서 태어났으나 유럽을 숭배하고 좋아했던 그였지만 어딘가 그의 시에서는 미국적인 냄새가 나는 것은 어쩔 수 없는 것이 아닌가 하는 생각을 했다.

또 하나의 행운이 있었다. 하버드 옌칭 도서관 한국과에 근무하는 친구에게서 점심을 대접받고 돌아오는 길에 좀 헤매고 싶었던 것이다. 그냥 길가 집이었다. 쇠창살로 된 대문이 있는 그리 크지 않은 건물이었는데 래드클리프 대학이라는 팻말을 달고 있었다. 헬렌 켈러와 스잔 K 랭거의 이름이 빠르게 내 머릿속을 지나갔다. 부잣집 딸만 다닐 수 있었던 사립여대, 이제는 남녀공학이 되어 하버드의 일부가 되어 버렸다. 러브스토리의 여주인공이 다니던 대학으로 일반인에게는 더 알려져 있을 것이다. 스잔 K 랭거는 이 대학 출신이었고 나중엔 모교의 교수가 되었다. 언어 철학이 그의 전공이었다. 그의 언어 발생설에 대한 이론은 그의 이론보다 그 언어 구사력으로 내겐 더 매혹적이었다. 그는 언어가 실제적 필요에 의해 발생되었다는 것을 강력하게 부정하기 위해 이 대학 선배 출신인 헬렌 켈러의 예를 든다. 헬렌 켈러가 물이라는 말의 뜻을 알게 되었을 때는 물을 마시고 싶은 때가 아니라 물의 흐름이 그녀의 손에 닿았을 때라고 말한다. 언어의 첫 발생은 어떤 욕구의 사인(Sign)이 아니라 단지 기쁨의 부르짖는 소리에 지나지 않는다는 것이다.

언어의 본질은 자연적 욕구의 전달이라기보다 개념의 공식화와 표현이라는 생각이 언어 기원에 관한 신비적 문제에 새로운 전망을 연다. 왜냐하면 언어의 시작은 방법과 수단과의 자연적인 조절이 아니기 때문이다. 그것은 목적 없는 발음 본능, 원시적인 심리적 반응, 그리고 이러한 소재에 매인 관념의 꿈 같은 연상이다.

좀은 어렵고 번역한 글이라 생소할 것이다. 누가 그랬다.
이 사람들, 언어 콤플렉스 걸린 사람들이라고…. 쉽게 얘기
해서는 그 미묘하고 심오한 경지를 표현 못하기 때문이었
을 것이다.

찰스 강변, 여름밤 야외음악당에서 아서 휘들러의 지휘
로 보스턴 팝스 오케스트라의 연주를 못 들은 것이 못내
아쉽지만 아서 휘들러는 내가 보스턴에 있을 때 타계했다.

롱펠로우, 스잔 K 랭거, 이들은 인류 문화에 뚜렷이 이
름을 남긴 사람들이다. 예상치 않게 그들이 활동했던 곳에
서 그들이 남긴 큰 발자국을 상기하고 또 다른 발견을 했
다는 것은 1979년 5월이 내게 선사한 큰 행운이었다. 나는
또 욕심스럽게도 올해의 5월이 가져다줄 또 하나의 행운
을 가슴 설레며 기대해 본다.(1996)

피렌체, 르네상스의 꽃
-가버린 것과 남은 것

이렇게 봄비가 몰래 지껄이는 병아리처럼 내리는 날이면(주요한의 「봄비」에서) 그 언젠가 아직도 믿기지 않는 아르노 강가의 나를 떠올리곤 한다. 피렌체가 한눈에 내려다보이는 언덕 위에 섰을 때의 숨이 막혔던 기억도 아직 생생하다. 이탈리아의 르네상스가 꽃피었던 곳. 미켈란젤로의 다비드, 박카스 상 등이 있고 보티첼리를 비롯한 수많은 화가의 그림들…. 레오나르도 다빈치가 모나리자를 그렸던 곳 그리고 단테와 베아드리체가 운명의 만남을 했던 곳이기도 한, 그래서 꼭 한번 가 보고 싶었던 곳이었다.

어른이 되고서도 한참 후에야 단테의 신곡을 정독하면서 그를 천국으로 인도하는 베아드리체에 대한 그 사랑의 지고지순함에 새삼스레 놀라워했다. 물론 인쇄된 그림으로 보았지만 아홉 살 때 베아드리체를 만나는 운명적 상봉

이니스프리
그 이루지 못한 꿈

을 시메온 솔로몬의 스케치로 보았고 그 후 9년이 지나서
의 두 번째 상봉은 호리디의 그림에서 보았다. 다리 입구
에 단테가 서 있고 베아드리체는 두 여인과 동행이었다.

이탈리아 문학의 아버지, 중세기 정신의 총합, 문예부
흥의 선구 또는 예언자라 불리던 그의 경력에 관한 객
관적 자료는 너무나도 적다.

아르노 강가 어디쯤에서 단테와 베아드리체는 만났을
까. 호리디의 그림 자체도 단테 생애의 객관적 자료의 빈
약함으로 인해 그의 상상의 산물이었을 텐데 이 사람 저
사람 붙들고 물어보았으나 알 길이 없었다.
단테가 지은 신곡은 원래 없던 제명을 후세의 사람들이
감탄을 억제하지 못한 나머지 붙인 호칭이라 한다.

엘리어트는 단테를 칭찬하고 밀턴을 공격하여 한층 더
독단적으로 우의(다른 사물의 뜻을 풍자함)라고 하는 것
을 몹시 강조하고 있는 것처럼 보인다. 단테의 작품은
시각적 상상물이라고 엘리어트는 말한다. 단테는 풍유
시인이다. 그리고 유능한 시인에게 풍유란 명확히 시각

적인 이미저리인 것이다. 한편 밀턴의 시는 불행히도 청각적인 상상물이다.

반드시 시각적인 이미지가 청각적인 이미지의 우위에 있는 것은 아니겠지만 한 사람이 그러한 방대한 지식과 사상과 사색과 예술적 재능을 가졌다는 데, 그리고 적절한 구성, 무대, 인물, 사건을 선택했다는 데 경탄을 금치 못하는 것이다. 엘리어트는 그의 「황무지」란 시 중에 2차 세계 대전 후 런던의 아침, 떼 지어 출근하는 군중들의 정신적 황폐함을 노래하면서 단테 의 『신곡』 중 「지옥편」 제3곡에서 한 구절을 인용했다.

이렇게도 많은 사람을 죽음이 파멸시켰으리라 나는 결코 생각 못 했다.

『신곡』을 읽었을 때, 찰스 램의 『엘리아 수필집』을 읽었을 때, 그리고 「황무지」를 읽었을 때 나는 그때처럼 나의 무지를 뼈저리게 느낀 적은 없었다. '주'가 없다면 어떻게 읽어 냈을지, 거기 나오는 인물, 사건, 역사적 내용, 작품의 이름 등이 너무나 생소했기 때문이었다. 그래서 엘리어트는 사람들이 자기 시보다 시에 붙어 있는 '주'를 더 좋아한다고 말했나 보다.

피렌체(플로렌스)의 산타크로체 성당 왼쪽에 위대했던 한 시민, 단테에게 경의를 표하기 위하여 세운 그의 큰 대리석상이 있다. 단테는 피렌체가 고향이지만 정치적 이유로 영원히 추방되어 라벤나에 묻혔다. 로마의 바티칸에 있는 라파엘의 〈성체에 대한 논쟁〉과 〈파르낫소스산〉이란 두 그림에서 월계수 잎으로 관을 쓴 단테의 옆얼굴을 보았다. 꼭 다문 입과 턱은 그의 강한 의지를, 매의 부리 같은 코는 무언가를 움켜쥘 듯하고, 눈은 사물의 내면까지 꿰뚫고 있는 것 같았다. 우피치 갤러리에서 보티첼리의 유명한 〈비너스의 탄생〉을 보면서 라파엘을 르네상스 미술의 3대 거장 중의 하나로 꼽는 것에 대해 수긍이 갔다.

산타크로체 성당 안에는 많은 저명 인사들의 무덤이 있었는데(미켈란젤로, 갈릴레오 등) 뜻밖에도 롯시니의 무덤을 발견했다. 순간 〈세빌리아의 이발사〉 서곡, 그중에 나오는 〈방금 들려온 그 노랫소리〉란 아리아, 그리고 〈윌리암 텔〉 서곡 등 그의 주옥같은 음악들이 천상의 소리처럼 내 귀를 두드렸다. 그는 갔고 음악만 남았으니…. 아니 롯시니만 아니라 단테를 비롯한 그들 모두는 갔다.

피렌체에도 아쉬움만 남겼다. 짧은 여정 속에서 내가 계획했던 것의 반도 채우지 못했기 때문이었으리라. 로마처럼 그곳에도 트레비 분수가 있었다면 동전을 뒤로 던져 보았을 것을….(1995)

키이츠, 셸리, 로마

　로마로 들어가는 길이었다. 근처의 산들이며 밭들, 그리고 집들까지 오랜 얘기들을 뒤집어쓰고 있는 것 같았다. 뉴질랜드 출신의 눈동자가 파랗고 금발인 가이드는 로마로 들어가기 전부터 할 얘기가 많은지 신이 나서 이것저것 떠들어대고 있었다. 일단 시내로 들어가 여장을 풀고 관광이 시작되면 그곳 관광 안내원을 써야 하기 때문에 그의 박학다식을 알릴 기회가 없어지는 것같이 보일 정도였다. 익히 알고 있는 내용들이라 알아들으려고 신경을 곤두세우지 않아도 그날따라 잘 들렸다.

　실수는 여기에서 시작되었다. 로마 시내 스페인 계단을 지나면서 그는 〈로마의 휴일〉에서 공주가 아이스크림을 먹고 있던 곳이 여기라는 등 스페인 계단에 얽힌 얘기들을 설명하다가 난데없이 셸리가 여기서 죽었다고 말하는 것이었다. 생각할 겨를이 없었다. 내 입에서 "아니에요. 그는

바다에서 죽었어요"라는 말이 나도 모르는 사이에 튀어나
왔다. 반응은 상상 외로 심각했다. 그는 얼굴이 빨개져서
한참 동안 침묵하고 난 뒤 "미안합니다. 키이츠를 쉘리로
잘못 말했군요" 하고 정중히 사과하는 것이었다.

쉘리는 바다를 너무 좋아해서 친구들에게 바다에 빠져
죽자고 여러 번 제의했다. 마침 이탈리아 해변에서 그가
탄 배가 풍랑을 만나 파선했고, 부패해서 알아보기 힘든
시신에서 키이츠의 시집이 나와 그의 시신이라고 알 수 있
었다는 글을 읽은 적이 있었다. 감수성이 예민했던 때라
바다를 사랑해서 그 속에 빠져 죽고 싶어 했던 그의 열정
과 그의 바람대로 바다가 그를 거두어 갔다는 필연에 밤새
워 울고 또 울었었다. 그리고 그 기억은 오랫동안 내 낭만
적 정서를 풍요롭게 해 주었다. 이런 사실을 가이드가 알
리가 없지만, 알았다면 내 경박함을 그렇게 탓하지는 않았
으리라.

이렇게 쉘리와 키이츠가 오락가락하는 사이에 내 눈앞
에 몇 개의 영상이 지나갔다. 〈로마의 휴일〉에서 수면제에
취한 공주가 신문기자와 만나는 장면이다. 반쯤 잠든 공주
가 시 몇 줄을 읊으며 누구의 시인지 아느냐고 묻는다. 그
물음은 묵살을 당하고…. 신문기자의 방에서도 공주는 또

시를 읊으며 그 시가 키이츠의 시라고 한다. 그러나 신문기자는 쉘리의 시라고 하고 공주는 키이츠라고 다시 말한다. 그러나 신문기자는 쉘리라고 다시 못박는다. 로마에서는 원래 키이츠와 쉘리가 헷갈리는가.

키이츠는 영국의 낭만파 시인으로, 영국 문학사상 드물게 보는 천재였다. 26세로 죽기까지 많은 작품을 남겼는데, 섬세한 미적 감각과 풍요한 언어로 사람을 매혹하였다.

런던의 함스테드에는 키이츠의 집이 있다. 대처 영국 수상(그 당시)의 사저도 있다는데 꽤 괜찮은 동네라 했다. 동네 입구에 들어서자 새소리가 들리기 시작하였다. 그가 쓴 「나이팅게일 부」를 상기시켜 주는 유난한 새소리였다.

그의 집은 아담한 이 층의 흰색 집이었는데, 그 안에 그의 친구였던 쩨번이 그린 키이츠의 그림들이 있다. 지금도 기억나는 것은 함스테드 숲속에 앉아 새소리를 듣는 키이츠의 상당히 큰 그림이다. 그의 시가 어떻게 해서 놀랍게 탄생되었는가 시간을 초월하여 그 순간을 대하고 있는 것 같은 감격으로 그 그림을 대하고 있었다. 또 다른 방에는 키이츠가 직접 쓴 유명한 「빛나는 별이여」라는 시가 있다. 최후의 소네트라고 불리는 그 시는 1819년에 쓰인 것인데, 1820년 폐결핵이 악화되어 영국을 떠나 이탈리아로 갈 때 그의 시야에서 영국이 사라지려는 그 여름에, 가지고 있던 셰익스피어 시집 빈 공간에 쓴 것이라 한다.

> 빛나는 별이여 내가 너처럼 한결같았으면—
> 밤하늘 높이 걸려 외로이 빛나며
> 영원히 눈을 뜨고,
> 자연의 잠자지 않는 참을성 있는 은둔자처럼.

시와 글씨를 함께 보고 있는 내 가슴 속에 진한 아픔이 고이기 시작하였다. 9월에 영국을 떠나 11월에 로마에 도착하고, 이듬해 2월에 그곳에서 객사하였으니 다시는 영국을 보지 못한 것이다. 그리고 그의 나이 겨우 스물여섯 살이었다. 그는 로마 교외 아름다운 신교도 묘지에 묻혔다. 비문은 그의 말로, 다음과 같다.

> 물로 이름이 쓰인 자 여기에 누워 있다.

그의 겸손함이 조금은 지나친 것 같다.(1996)

미라보 다리
– 해야 저무렴 종도 울리렴

미라보 다리 아래 센느 강이 흐르고
우리들의 사랑도 흘러 내린다.
괴로움에 이어서 맞을 보람을
나는 또 꿈꾸며 기다리고 있다.

해도 저무렴 종도 울리렴
세월은 흐르고 나는 취한다 (제1연)

비록 의역이 좀 심한 것 같지만 운율적으로 꽤 괜찮은
편이라고 생각하는 이 시는 장만영 번역의 아뽀리네르의
그 유명한 「미라보 다리」란 시이다. 내게는 프랑스 여류화
가 마리 로랭생과의 결별로 영감을 얻은 시라는 데에서 더
욱 감동을 준 시였다. 모딜리아니 풍의 약간은 긴 듯한 얼

굴에 신비한 핑크색으로 칠해진 소녀상…. 그의 그림은 나를 묘하게 사로잡았기 때문이었다.

1907년 28세 때 친구 피카소(화가)의 소개로 마리를 알게 되었고 1914년 6월 그녀가 독일인 화가와 결혼함으로써 두 사람의 관계는 최종적으로 끝난다. 프랑스에서는 라마르띤느의 「호수」 뮈쎄의 「추억」 위고의 「올랭삐오의 슬픔」과 함께 사랑의 이별을 노래한 가장 감동적인 실연시라 칭해진다.

기요옴 아뽀리네르(1880~1918)는 로마에서 태어난 폴란드인으로 프랑스에 귀화하였다. 19세기와 20세기 프랑스 시의 접합점에 그는 서 있다. 입체파, 초현실파, 다다이스트, 미래파 등 선구적 유파의 이름을 갖고 모더니즘 투사로 활동하였고 대담한 시도로 시인들에게 미래의 문을 열어주었다. 시집에 『알콜』, 『깔리구람』 등이 있는데 「미라보 다리」는 『알콜』에 수록되어 있다.

마리 로랭생(1885~1956)은 브라끄, 피카소와 교우하였고 1911년 이후 입체파 작가와 접촉하였다. 그의 작

품은 섬세하고 우아하며 형태의 단순화와 평면적인 장
식적 면을 추구하였다. 여성다운 부드러운 연한 색조를
특색으로 소녀를 즐겨 그렸다.

　1983년 유럽 몇 나라를 처음으로 여행할 때 로마에서는
미켈란젤로의 〈삐에따〉, 빠리에서는 「미라보 다리」가 우
선 순위였다.
　새벽, "춥고 맑은 하늘 아래 노동이 잠깨어 일어나는 시
각에"(보들레르의 백조에서) 서둘러 호텔을 나와 미라보 다리
로 향했다. 미라보 역에서 나서자 곧 다리가 보였고, 그 다
리 입구 돌판에 "뽕. 드. 미라보"란 글자가 새겨져 있었다.
새벽이라 통행인도 없었고, 내 상상과는 다르게 자동차도
지나다닐 만큼 넓은 다리였지만 지나가는 자동차도 없었
다. 다만 근처 한 아파트에서 우리를 내다보는 한 사람을
보았을 뿐이었다. 그는 다리 위에서 서성이는 두 동양인을
어떤 생각으로 바라보고 있었을까. 나는 다리 난간에 기대
어 서서 세르나가 쓴 아뽈리네르의 소전(작은 전기)에서 마
리 로랭생에 대한 글을 생각하였다.

　요즈음 아직 마리는 그의 곁에 있다. 꽃바구니 모양 모

자를 옆구리에 끼고 눈이 번쩍 띄는 꽃무늬가 있는 파티스트에 탄델이 달린 의상을 입고…. 그 후 냉정한 천사와 같은 마리 자신도 절망적인 인생항로를 더듬어 가지 않으면 안 되었다.

군대에 간 그의 소식은 있으나, 그러나 없는 것이나 다름없다. 마리가 나에게 기요옴(아뽀리네르)의 시집 『까르 달몽』을 전송해 준다. 포화 아래서 그가 손수 등사판으로 박은 시집이다.

다리 위에서 한참이나 서성이며 사실주의의 질서로부터 해방을 부르짖으며 초현실파의 선구로 활약했던 아뽀리네르와 입체파의 급선봉에 섰던 마리의 대화는 어떠했을까를 생각했다.

해가 가고 달이 가고 젊음도 가면
사랑은 옛날로 갈 수도 없고
미라보 다리 아래 센느만 흐른다.

미라보 다리 아래로 흘러가는 센느를 보며 가슴 아파하며 체념해야 했던 한 젊은 시인의 아름다운 고백을 다

이니스프리
그 이루지 못한 꿈

시 한번 읊어보기도 하면서….

"내 귀는 소라껍질, 그리운 바다의 물결소리여"로 유명한 장 꼭또는 40도 되기 전에 세상을 버린 아뽀리네르가 천국에서도 새로운 시파를 만들어 행복하고 즐겁게 살고 있는 것을 가끔 꿈에 본다고 말하곤 했으나 로장벨 화랑에서 열린 추모연설에서는 아뽀리네르로부터 가장 깊고 두터운 우의를 받은 한 사람을 향해 이렇게 말했다 한다.

피카소여 그대 뮤즈의 머리카락을 자르라….

이제 또 한 해가 저물어 가고 있다.

이렇게 항상 새로운 기슭으로 밀리며
영원한 밤 속으로 되돌아옴이 없이 실려가며
우리 단 하루만이라도 이 세월의 대양(큰 바다)에
닻을 던질 수는 없을까 (라마르띤느의 「호수」에서)

세월의 바다에 한순간이라도 머물 수 없기 때문에 우리

는 한 해가 가는 길목에서 이렇게 한숨 어린 체념을 하지
않을 수 없다.

해야 저무렴 종도 울리렴
세월은 흐르고 나는 취한다.

(1996)

솔베이그의 노래
- 그들의 인생과 예술

북구의 여름은 짧고 또 우리의 여름처럼 덥지도 않았다. 남자들은 반바지에 웃통을 벗고 자가용 배를 타고 바다 위에서나 호수 위에서 시간을 즐기지만 우리에게는 기분 좋은 봄날의 온도 같았다. 피요르도가 만든 세계 제1의 큰 항구 오슬로에는 자그마한 자가용 배들이 수도 없이 매어져 있고 그래서 주선난(?)이 있지나 않을까 걱정이 될 정도였다.

오슬로에는 노르웨이가 낳은 세계적 조각가 구스타프 비게란드(1869~1943)의 조각이 있는 프로그네르 공원이 있다.

그곳 그의 조각의 테마는 인간이었다. 인간의 일생, 그리고 인간의 온갖 자태들이 수도 없는 조각들에 의해 표현되고 있었는데 그 생생하고 박진력 있는, 그리고 그 수의 많음에 압도당할 지경이었다. 한 장소에, 태어나서 죽을 때까지의 인간의 일생이 조각되어 있었고, 150그룹으로 된 조각군은 온갖 인간의 모습, 자태 등을 생생하게 드러내고 있었다. 모두가 다 인간이었다. 인간들로 만들어진 공원에 인간들이 구경하고 있는 모습은 나를 제3의 인간으로 밀어내고 있는 듯했다.

노르웨이가 낳은 세계적 명성을 얻은 사람들은 비게란드 이외에도 우리가 너무 잘 아는 입센(그는 「인형의 집」으로 더 잘 알려져 있다)과 1903년에 노벨 문학상을 탄 뵈른손이 있다. 뵈른손은 적어도 그의 조국에서는 생전에 입센을 압도하는 명성을 얻었었다. 그리고 음악가인 에드바르드 하게루프 그리그가 있다.

그리그의 고향 베르겐에 육지를 통해 가는 길은 그리 간단하지가 않았다. 적어도 피요르드 두 개를 배로 건너야 했고 길은 1차선이어서 맞은편에서 차가 오면 중간중간에 있는 피난처(?)에서 기다려야 했다. 그 길도 겨울에는 폐쇄된다니 여름은 노르웨이에 있어 축복받은 계절임에 틀림없었다.

에드바르드 하게루프 그리그. 노르웨이 음악 문화에 처

음으로 민족의식을 쏟아 넣고 활기를 불어넣은 것이 그였다. 노르웨이 음악은 그리그에 의해 비로소 싹트고 지금도 아직 그리그의 이름과 함께 살아 있다 해도 과언이 아니다.

(…)

섬세한 시정과 다소곳한 리리시즘을 느끼게 하는 피아노곡을 작곡하여 북극의 쇼팽이라 일컬어진다.

그리그의 집은 베르겐의 한 한적한 언덕 위에 자그마한 호수가 내려다보이는 쪽으로 서 있었다. 영국 빅토리아풍의 방 6개가 있는 집이었는데, 1885~1907년 죽을 때까지 22년 동안 니나 부인과 같이 지냈다 했다. 작업실은 호수 쪽으로 더 내려간 곳에 있었는데, 참 행복한 음악가였구나 하는 생각을 했다. 그리그가 생전에 쳤다는 피아노 옆에서 사진을 찍으면서 유명한 성악가가 되었다면 그 피아노에 손을 얹고 누군가의 피아노 반주로 〈솔베이그의 노래〉를 아주 릴릭하게 콜로라투라의 기법으로 불렀을 것을, 그러면서 황홀해했을 것을… 하는 소녀다운 감상에 잠깐 젖어 보았다.

입센은 여덟 살 때 상인이었던 부친이 도산하는 바람에
암흑 같은 소년시절을 보냈다. 그래서 사회에 대해 어떤
소외감을 느끼게 되었고 반항적 성격을 갖게 되었다. 노르
웨이에 있어서 그의 명성을 높인 작품은 희곡의 형식을 빌
린 장편 사상시 「브란드」와 「페르 귄트」이다. 이 두 사람
은 노르웨이인이고, 나아가서 입센의 두 개의 다른 성격을
나타내고 있다. 이 중에서 페르 귄트는 꿈같은 생활을 하
고 큰 소리만 탕탕 치며 현실을 바르게 보지 않고 우회로
를 좋아하는, 알맹이 없는 껍데기만의 양파와 같은 사나이
다. 입센은 이 작품을 그리그에게 음악으로 만들어 줄 것
을 의뢰했고, 평소에 입센에 대해 깊은 존경심을 품고 있
던 그리그는 대번에 응했다. 23곡의 부수 음악이 완성되었
고, 초연은 대성공이었다. 그는 그중 마음에 드는 4곡을 골
라 관현악용의 조곡을 만들었고 이것도 환영을 받게 되자
다시 4곡을 모아 제2조곡을 발표했다. 이 제2조곡 중에 〈
솔베이그의 노래〉가 있다. 언젠가는 돌아올 것이라고 페르
귄트를 기다리는 마을 처녀 솔베이그가 실을 자으면서 노
래하는 것이다. 그곳에 가서야 실을 자으며 긴긴 겨울, 님
을 기다리는 노르웨이 마을 처녀의 모습을 적나라하게 떠
올릴 수가 있었다.

우리 나라에도 겨우내 님을 기다리는, 배밖에 운송 수단이 없는 강가 오지 마을 처녀의 노래가 있다. 김동환 작사 오동일 작곡 〈강이 풀리면〉이다.

강이 풀리면 배가 오겠지
배가 오며는 님도 오겠지
님은 안 타도 편지야 타겠지
오늘도 강가서 기다리다 가노라

짧은, 화려했던 여름이 지나면 그들은 그때부터 다음 여름을 기다린다. 그리그의 피아노 협주곡이 마이크를 통해 은은히 들려오는 배 안에서 수도 없이 바다로 떨어지는 눈 녹은 폭포와 이름 모를 무수한 꽃들을 바라보던 그때 그곳의 나를 떠올리며 다시 그곳에 갈 수 있기를 기원해 본다.(1996)

엘시노,
이제 그 상상의 나래를 접고

『리더스 다이제스트』가 우리나라 말로 번역되어 처음 소개되었을 때였다. 박학다식했던 아버지는 교양지라고는 별로 없던 때였는지라 열심히 그 책을 사 오셨고, 나도 덩달아 즐겨 읽었다. 아직껏 그때 읽은 것을 기억하고 있는 것이 두어 가지가 있는데, 그중 하나가 버나드 쇼가 엘시노 성(덴마크에서는 크론보르Kronborg 성이라고 한다)을 방문하던 때의 이야기다.

그때 처음으로 「햄릿」이라는 셰익스피어 희곡의 줄거리가 덴마크의 전설에서 유래된 것이고, 햄릿 왕자가 살았다는 성이 실제로 덴마크에 존재한다는 것, 그리고 버나드 쇼란 사람이 아일랜드 출신의 유명한 극작가란 사실을 알게 되었다.

그곳을 가 보기까지의 긴 세월 동안 내 머릿속에 상상되어 온 엘시노 성은 바다의 끝 한적하고 황량한 곳에 구름에 싸여 있는 신비한 그런 성이었다. 버나드 쇼가 햄릿의 전설을 찾아 그곳에 갔다는 사실이 그곳에 대한 나의 상상력에 더 큰 날개를 달아 주지 않았나 하는 생각도 든다.

버나드 쇼는 우리에게는 많이 알려진 극작가가 아닌 듯싶다. 〈마이 페어 레이디〉라는 오드리 햅번이 주연으로 나오는 그녀처럼 상큼한 뮤지컬 영화에 원작 버나드 쇼라 되어 있는 자막을 기억하는지…. 그 영화는 그가 쓴 「피그말리온」이란 작품에 기반을 두고 있다.

햄릿을 처음 대한 것은 아마 단발머리 소녀 때였으리라 생각되는데, 햄릿의 독백을 읽으면서 '아 이렇게도 글을 쓰는구나', '아 이런 말하는 방법도 있구나' 하며 감탄했던 기억이 난다. 그것은 새로운 세상을 접하는 경이로움 바로 그 자체였다. 훗날 영국의 낭만파 시인 키이츠가 쓴 「채프먼의 호메로스를 처음 읽고서」란 시를 보며 키이츠도(그는 대학에 가지 않아서 희랍어를 몰랐다 한다) 채프먼이 번역한 호메로스의 「일리어드」, 「오딧세이」를 읽고 내가 누가 번역했는지도 모르는 「햄릿」을 읽었을 때처럼 놀라움을 금치 못했구나 했다.

그때 나는 느꼈다. 새 유성(Planet)이 시계(視界/ken)에 헤엄쳐 들어왔을 때의 하늘의 어느 감시자처럼.

보통「햄릿」을 비극이라고들 하고 어느 한 신화비평가는「햄릿」에서 희랍 비극작가 아이스킬로스의 오레스테이아의 신화적 원형이 재현된다고도 말한다. 언젠가 T. S. 엘리어트의「햄릿」이란 글을 보면서 배를 잡고 한참 웃은 적이 있다. 그가 제일 싫어하는 유형의 비평가, 즉 창조적 비평가들은 비평을 하나의 문학적 창조물로 생각해서 작품에 대한 자기들의 주관적 감상 혹은 인상을 지나치게 강조함으로써 독자들이 그 작품을 객관적으로, 그들의 눈으로 볼 수 없게 만든다는 것이다.

월터 페이터가 이 희곡에 주목하지 않았다는 것을 우리는 감사해야 할 것이다.

월터 페이터가 그런 유형의 비평가들 중 대표격이라 말할 수 있기 때문이다. 그는 르네상스 시대의 예술 작품들에 대해서는 지대한 관심을 보였으나「햄릿」에는 주목하지 않았으니 엘리어트가 감사할 수밖에. T. S. 엘리어트는

「햄릿」을 '문학의 모나리자'라 하면서 실패작이라 말한다. 그가 만들어 낸 유명한 문학용어인 객관적 등가물이 결여되어 있다는 것이다. 즉 그의 어머니의 타락이 햄릿의 그 이해하기 어려운 정서의 원인으로는 미약하다는 것이다.

한편 심리주의 비평에서는 햄릿의 극심한 정신적 갈등을 오이디푸스 콤플렉스 때문이라 한다. 즉, 햄릿이 아버지를 살해하고 어머니와 근친상간하고자 하는 무의식적 동기를 지니고 있었는데, 숙부인 클로디어스는 그러한 자신의 욕구를 실현시킨 것이다. 그가 숙부를 살해 못하고 망설이는 이유는 숙부를 살해하는 것은 바로 자신을 죽이는 것과 다름이 없기 때문이라는 것이다.

오랫동안 꿈꾸어 왔던 엘시노의 한쪽 벽 셰익스피어 상반신 부도(relief) 밑에 있는 글귀에도 그가 이 성을 방문했다는 기록은 없었다.

「햄릿」이 실패작이었든 신화의 재현이었든 혹은 오이디푸스 콤플렉스의 발현이었든 간에 그는 우리들 마음속에 아직도 사느냐 죽느냐로 갈등하는 연민의 대상으로 살아 있다.

고민하며 방황하는 햄릿의 영혼이 곳곳에 숨어 있을 것

같은 엘시노 성을 떠나오면서 오랫동안의 상상의 나래를 접는 내 마음속에 공허한 바람이 일었다.(1995)

티볼리,
한여름 밤의 꿈

　잠실 주경기장의 광복 50주년 기념 음악회는 실로 오랜만에 한여름 밤의 황홀한 꿈을 꾸게 해 준 축제였다. 두 개의 바이올린이 연출한 완벽한 하나의 소리, 지휘자의 표정이나 지휘봉을 든 손의 움직임에서 그가 창출한 오케스트라의 소리 이상의 것을 들을 수 있었다는 것은 행복 그 이상의 것이었다. 〈우리의 소원은 통일〉, 이 간단한 곡을 그렇게도 진지하게 연주하는 대가의 모습에서 가슴 뿌듯한 기쁨 같은 것도 느꼈다. 모두가 짜증 나는 더위를 잊게 해준 한여름 밤의 사라진, 아쉬운 꿈이었다.

　1988년 7월 초 덴마크의 코펜하겐에 여장을 풀자마자 우리가 달려간 곳은 티볼리 공원. 로마 동쪽 31킬로미터쯤 되는 구릉지에도 같은 이름의 분수 정원이 있었다. 그곳보다 더 유명하다는 코펜하겐의 티볼리는 어떨까 자못 부푼 기대로 가슴 설레며 이국의 여름밤 정취를 한껏 맛볼 요량이었다.

예외 없이 그곳도 꽃잔치가 벌어지고 있었지만 기둥에 쇠줄로 매달린 큰 여러 개의 둥근 화분을 보는 순간 아름다움을 표현하기 위한 인간 지혜가 놀라왔다. 해가 지고 어둠이 짙어지자 꽃만큼이나 많은 형형색색의 전구들에 불이 들어오기 시작하였다. 밤늦도록 이리저리 거닐면서 혹은 턱을 고이고 앉아 시간을 잊었던 것은 오직 한 사람의 관객이 되어 티볼리 공원이라는 큰 무대 위에서 사람들이 펼치는 〈한여름 밤의 꿈〉이라는 셰익스피어의 연극을 보고 있는 것 같은 기분이 들었기 때문이었다.

귀족들의 결혼을 축하하기 위하여 쓰여졌다고 전하는 이 희극은 아테네 근교의 어느 여름밤을 무대로 귀족들의 화려한 낭만의 세계, 요정의 환상적인 세계, 날품팔이 기능공들의 사실적인 세계가 융합된 아름다운 몽환적인 작품이다.

아테네에서는 영주 디슈스와 히플리터 혼례일이 다가왔고, 그 여흥을 위해 기능공들은 연극을 연습한다. 그리고 한 여자를 사랑하는 두 남자와 그중 한 남자를 사모하는 또 한 여자, 이렇게 두 쌍의 젊은이들이 벌이는 얘기도 있다. 또 한편으로는 숲속 요정의 여왕 타이테이니어와 그와 사이가 좋지 않은 요정의 왕 오우버런, 그리고 요정 퍼크가 사랑의 묘약을 잘못 발라 벌이는 사건들. 그 한여름 밤이 끝나면 모든 실마리가 풀려 사랑과 결혼이 이뤄진다.

여기서의 한여름이란 여름의 한가운데가 아닌 하지 전후를 가리킨다. 이때를 전후해서 영국의 농촌에서는 흥겨운 민속적 행사가 있었고 요정들의 가장 성대한 향연이 벌어진다는 전설도 있었다. 이런 것들을 바탕으로 이 작품이 만들어졌다는 것이다.

멘델스존은 그의 나이 17세 때 셰익스피어의 작품을 읽고 그 몽환적인 시의 세계에 흥미를 느껴 서곡을 지었다.

그 서곡은 먼저 목관악기의 부드러운 화음으로 이제 시작될 환상의 숲으로 사람들을 이끌어 들인다. 이어 바이올린이 달빛 속에서 뛰노는 요정 퍼크의 모습을 섬세한 피아니시모로 묘사한다.

멘델스존의 〈결혼 행진곡〉은 서곡을 지은 지 17년 뒤에

극 상연의 배경에 쓰기 위해 프러시아 국왕의 명령으로 작곡한 12곡 중에 있다. 트럼펫의 팡파르로 시작되는 이 곡은 신부 입장 때 연주되곤 하는 바그너의 〈로엔그린〉에 나오는 〈결혼 행진곡〉보다 더 장엄하고 화려하다.

지금 이 시간, 끝나 버린 음악회를 아쉬워하며 해마다 여름이면 벌어질 티볼리의 축제의 밤을 생각한다. 어느 건물에선가 신랑 신부가 트럼펫의 팡파르에 맞춰 걸어 나올 것 같고, 요정들은 꽃들 사이로 부지런히 날아다니며 슬픈 사랑을 맺어 주기 위하여 열심히 사랑의 묘약을 발라 주려고 젊은이들을 잠재우려 할 것이다. 엉뚱한 사람에게 잘못 발라 주지나 말아야 할 텐데, 하는 염려까지 하며…. 좋은 글과 음악이 있어 인생은 제법 즐거울 수 있다는 새삼스런 생각도 한다.

밤도 꽤 깊었다. 멘델스존의 〈한여름 밤의 꿈〉 중에서 내가 제일 좋아하는 야상곡, 창백한 달빛 아래 숲속에서 연인들을 요정이 잠재우는 '혼(Horn)'의 환상적인 독주를 들으며 한여름 밤의 꿈을 한번 꾸어 볼까나.(1995)

이니스프리
그 이루지 못한 꿈

이니스프리,
그 이루지 못한 꿈

나는 이제 일어나 가야지 이니스프리로….

　고등학교 1학년 때 이 시를 읽고 눈물까지 흘리며 감동받은 것을 소녀다운 감상이라 말해 버릴 수만은 없을 것 같다.

　1983년 2월의 어느 날 런던의 프림 로우즈 가든 근처를 산책하고 있을 때 어느 집 현관 벽 동그란 판 위에 '윌리엄 버틀러 예이츠 여기에 살다'란 글이 눈에 들어왔다. 그 순간 내 발은 얼어붙고 말았다. 움직일 수가 없었다. 나를 가장 감동시켰던 그 시의 저자가 바로 내 눈앞 여기에 살았다니…. 그러자 그 호수의 기슭을 치는 나지막한 소리가 가슴속 깊은 곳으로부터 들려오기 시작하였다.

　예이츠는 그가 이 시를 쓰게 된 동기를 그의 자서전에서 이렇게 말하고 있다.

내가 십 대 적에 '길' 호수 안에 있는 작은 섬 이니스프리에서 쏘로우(미국작가, 「Walden 숲속의 생활」의 작가)를 모방하여 생활하려는 야심을 가졌었다. 그런데 매우 향수에 젖어 플릿가(Fleet Street, 런던 테임즈 강변에 있음)를 걷고 있을 때, 나는 물방울이 떨어지는 소리를 들었다. 그리고 쇼윈도에서 분수 위에 작은 공이 균형을 잡고 있는 분수를 보고 호수들을 회상하기 시작했다. 이 돌연한 회상으로부터 나의 시 「이니스프리」가, 내 독특한 리듬을 지닌 내 첫 서정시가 나왔다.

윌리엄 버틀러 예이츠. 아일랜드의 시인 극작가. 많은 사람들에 의해 T. S. 엘리어트와 더불어 20세기의 가장 위대한 시인으로 꼽히고 있다. 레이디 그레고리, 존 싱(Synge)과 함께 아일랜드 문예부흥에 적극 힘썼다. 1923년 노벨 문학상 수상. 아름다운 여배우이며 애국자인 모드 곤(Gonne), 예이츠에 있어서는 트로이의 헬렌 또는 지혜의 여신 아테나로 여겨졌던 그녀와의 비극적 사랑은(그의 청혼을 두 번이나 거절) 수편의 훌륭한 서정시를 낳게 했다.

  그의 시적 이상은 자기 자신을 시에 담는 것, 정상적이
고 정열적이고 사리를 분간하는 자아, 하나의 전체로서의
인격을 시 한가운데서 유지하는 것이다. 즉, Man으로서의
시인과 Creator로서의 시인 사이에는 구분이 없다는 것이
다. 그는 결혼 후 Sur-Realism(초현실파)의 수법인 자동기
술로 시를 썼는데 그것은 그의 부인이 영매가 되어 주어서
가능했다. 자동기술이란 의식적인 조작을 가하지 않고 무
의식의 세계를 그대로 기술해 내는 기법이다. 그러려면 시
인은 꿈을 꾸거나 꿈을 꾸는 듯한 상태에 있어야 한다. 이
런 기법은 프랑스의 브르똥(Breton)에 의해 주장되었고 우
리나라에서는 이상이 그의 연작시 「오감도」에서 시도해
본 바 있다. 이 기법은 일상의 미망으로부터 인간을 해방
시키고 참된 자아의 인식에 도달하게 하기 위한 것이라 할
수 있다.

  하여튼 그는 아름다운 서정시에서부터 자동기술에 의한
시까지 일생 동안 꾸준히 시를 써 온 위대한 시인이며, 아
일랜드를 영국의 통치로부터 독립시키기 위해 직접 정치
엔 참여하지 않았으나 아일랜드 문예부흥에 힘쓴 애국자

였다.

이 시인이 쓴 「이니스프리」에 영향을 받아 김상용은 「남으로 창을 내겠오」라는 시를 썼다. 일제의 마지막 탄압이 기승을 부리던 1936년 이후 현실 도피적 경향으로 나온 것 중의 하나가 전원문학이다. 관조적 인생파 시인 김상용은 「이니스프리」란 시를 읽고 거기 영향 받아 아름다운 한국적 시 한 편을 썼던 것이다.

"나는 가리라 곧 가리라" 하면서도 거기 가서 꿈꾸던 삶을 살지 못했던 예이츠나 "왜 사냐건 웃지요"라고밖에 대답할 수 없었던 김상용. 그들의 시는 우리 모두의 숨겨진 아픔과 이루지 못한 꿈을 노래하고 있기에 더욱 감동받을 수 있는 것이 아닌가 한다.(1994)

낭만적 감동의 순수한 체험
-그라스미어

런던에서 글라스고우를 향해 줄기차게 북으로 달리던 기차는 옥슨홈(Oxenholme)이라는 이상한 이름의 역에서 우리를 내려놓았다. 우리의 목적지는 글라스고우였고, 도중에 하차한 것은 영국의 국립공원인 호수지역(Lake District)을 보기 위함이었다.

호수지역의 중심지인 윈드미어까지는 대기하고 있던 다른 기차를 타고 갔는데, 꼭 덜컹거리는 마차를 타고 18C 영국의 전원을 달리는 기분이었다. 파란, 그야말로 선명하게 파란 풀밭에 양떼들이 한가로이 풀을 뜯고, 하늘엔 흰 구름이 떠 가는… 누구나 한 번쯤은 꿈꿔 봤음 직한 목가적 풍경이 눈앞에 펼쳐져 있었다.

유월이 오면 그땐 온종일 나는

향긋한 건초 속에 님과 함께 앉아

산들바람 부는 하늘에 흰 구름이 지어놓은

눈부신 높은 궁전들을 바라보려네

(…)

오 인생은 즐거워라 유월이 오면

고등학교 때, 방과 후 덕수궁 뒷담 길을 돌아 온갖 꽃으로 뒤덮인 덕수궁 풀밭 위에 누워 하늘의 흰 구름을 보며 로버트 브리지스의 이 시를 황홀해하며 소리 내어 읊곤 했다. 덕수궁 풀밭보다 더 완벽한 풀밭과 구름이 그곳에 있었다. 그러나 나의 감탄은 다만 시작에 불과하였다.

윈드미어에서 5킬로미터쯤 떨어져 있는 그라스미어란 곳에 있는 '도브 커티지(Dove Cottage)'. 영국의 낭만파 시인 워어즈 워어드가 1799년부터 1808년까지 살았던 집인데 그 주변에 그의 시를 낳게 한 호수, 그리고 그곳의 자연을 보는 것이 나의 관심사였기 때문에 하룻밤을 윈드미어에서 자고 그다음 날 일찍 그라스미어를 향해 떠났다.

윈드미어에서 묵은 집은 B and B, 즉 잘 곳과 아침을 준다는 숙박시설인데 vacancy(비어 있다는 뜻)란 팻말이 있는 집을 두드렸더니 얼굴만 겨우 보이는 창문을 열고 아침에 무슨 티를 마시느냐, 빵은 토스트 하느냐 등등을 묻고 나서는 방 열쇠를 주고 출입문을 열어 주었는데, 그의 모습은 보이지 않았다.

아침에 식당을 향해 계단을 내려오다 보니 오른쪽에 넓은 거실이 있고 소파도 여러 개, 그냥 의자도 제법 있었다. 아! 아가사 크리스티의 소설에 곧잘 나오는 숙박객들이 모여 친교를 하는 장소가 바로 이런 곳이구나, 여기서 살인도 나고 그래서 사람들을 이런 곳에 모아 놓고 심문도 하고 문제를 풀어 가기도 했구나, 고개를 끄덕이며 식당을 들어서는 순간 나는 너무 놀라 숨을 쉴 수가 없었다. 좁고 긴 방이었는데 어떻게 그곳에 16갠가 하는 식탁이 놓여 있을 수 있는지, 그리고 우리 방 번호가 적혀 있는 식탁엔 어제 말한 빵과 차가 따끈따끈하게 준비되어 있었다.

테이블보, 식기 등이 아주 고급스러워 꼭 영국의 중산층 가정집에서 식사하는 기분이었다. 물론 영국의 중산층 가정집에서 식사한 적도 없지만 영화나 그런 것을 통해 보았던 같다. 말 한마디도 할 수 없을 만큼 분위기가 엄숙했다 할까? 미국인 젊은 한 쌍이 뭐라 얘기하면서 방으로 들어오다 놀라 입을 가리는 모습도 보였다.

엄숙한(?) 아침을 조신하게 먹고 짐을 싸들고 그 집을 나섰다. 해방된 기분—.

그라스미어 가는 길엔 햇빛에 반짝이는 호수와 초원과 이름 모를 꽃들, 호수를 에워싸듯 서 있는 나무들, 그리고 꽃으로 뒤덮여 「헨델과 그레텔」에 나오는 과자집보다 더 동화스러운 집들이 주위를 조화롭게 채우고 있었다.

'도브 커티지'는 아마도 이 층으로 된 목조 건물이었던 것 같은데, 그야말로 비둘기 집처럼 자그마하고 아담하고 오랜 냄새가 배어 있는 집이었다. 나는 그 집 이 층에서 반짝이는 호수가 보이나 하고 열심히 창마다 내다보았지만 집들에 가려 보이지 않았다. 실망하면서도 아마 시인이 살던 때는 호수가 보였을 테지 하였다.

도브 커티지에서 시인이 걸어 호수로 나갔을 것 같은 길을 따라 걸으면서 아리스토텔레스가 그의 『시학』에서 내린 비극의 정의 중 한 부분을 생각해 내었다.

> 비극은 장중하고 일정한 크기를 가진 그 자체 완결된 행동의 모방이다.
> (…)
> 특히 미는 알맞은 크기에 의존한다. 대상이 너무 작을 경우에는 우리의 지각은 순간적인 것에 가까워지기 때

문에 불분명하게 된다. 반대로 너무 클 경우에는 대상의 통일과 전체가 보이지 않게 된다. 아름다운 시각 대상은 그 전체가 안계에 들어올 만한 크기를 가져야 하는 바와 같이 좋은 비극의 풀롯은 그 전체를 기억할 수 있을 만한 것이어야 한다.

바다같이 크지도, 연못같이 작지도 않은 그라스미어의 호수는 완전한 아름다움의 시각 대상이었다.

호숫가 넓은 초원에 핀 이름 모를 꽃들과 팔 벌려 하늘 우러러 꿈꾸는 나무들을 보며 심오한 시인의 정신이 자연의 정신을 일깨우고, 그 자연의 깨어난 정신은 또 시인의 정서를 심화시키는 그러한 자연과의 교감을, 그 낭만적 감동의 순수한 순간을 체험하며 오랫동안 그곳에 서 있었다.

서쪽으로 기우는 햇살 속에 더욱 빛을 발하는 초원도, 그 속에 핀 꽃의 영광도 곧 사라지리라. 허나 나는 워어즈워어드처럼 순간의 영광을 통해 소중한, 변치 않는 사랑을, 빛을 보았다.

차라리 그 속 깊이 간직된
오묘한 힘을 찾으소서

초원의 빛이여

그 빛이 빛날 때

그대 영광 찬란한 빛을 얻으소서

드디어
이니스프리에

긴 여정이었다. 이니스프리 섬이 내려다보이는 '길' 호
숫가 언덕 위에 서서 호수 바로 옆에 조용히 누워 있는 그
섬을 바라다보았다. 갑자기 눈앞이 부옇게 흐려 왔다.

나는 가리라 곧 가리라 이니스프리 섬으로
나뭇가지 엮어 진흙 발라 거기 작은 오막집 하나 짓고
아홉 콩이랑, 꿀벌 집도 하나 가지리
그리고 벌떼 붕붕대는 숲속에서 나 홀로 살리(제1연)

이 시가 왜 나를 그토록 감동시켜 40년도 더 넘게 이곳
에 마음을 두게 했는가.
이니스프리에 가고자 했던 시도는 1983년부터 시작되
었지만 겨울이라서, 그리고 여름엔 갑자기 비자가 필요해

서 영국까지 갔다가 그냥 돌아오고 말았다. 그렇게 관광 안내가 잘 되어 있는 런던에서조차 '슬라이고우'란 아일랜드의 작은 도시에 있는 '길' 호수 안에 그 섬이 있다는 것밖에는 알지 못했다. 우리는 미리 이니스프리 섬까지 가는 모든 차편을 예약하고 싶었던 것이다.

우리가 꼬치꼬치 묻는 것에 대답 못하는 관광 안내원을 우리 뒤에 서 있던 노신사가 "너 대학에 다녔느냐, 그러면 예이츠의 시도 배웠을 것이 아닌가, 그러고도 거기 앉아 있느냐" 하고 호통을 친 일도 있었다.

그러나 슬라이고우에 가서야 그 안내원이 모를 수밖에 없는 이유를 알았다. 우리가 숙박했던 집 식당 문 위에는 「이니스프리 섬으로」란 시가 걸려 있었지만, 그리고 그때가 관광 시즌이었지만, 그 섬 가까운 호숫가에서는 한 중년의 아일랜드 여인이 차를 세워 놓고 하염 없이 앉아 있는 것을 볼 수 있을 뿐이었다.

차편은 물론 없었고, 하루에 한 번 '길' 호수를 도는 배편이 관광 시즌에만 있다 했다. 미리 영국에 가서 왼쪽으로 운전하는 데 익숙해져 있던 문선화 부산대 교수가 세낸 차를 몰아 주지 않았던들 섬이 보이는 언덕 위에, 그리고 바로 섬이 눈앞에 보이는 호숫가에, 그것도 두 번씩이

이니스프리
그 이루지 못한 꿈

나 갈 수는 없었을 것이다. 또, 웨일즈의 카디프 공항에서
새한미디어의 공장장과 기술 담당자를 만나지 못했다면
그렇게 쉽게 이니스프리 섬을 찾지 못했으리라. 새한미디
어 공장은 바로 '길' 호숫가에 있었고 이니스프리 섬을 멀
리 바라다보는 위치에 있었다.

이니스프리란 게일 말로 'heather island'란 뜻이라는데,
'heather'는 자줏빛 꽃으로, 낮에는 호수를 온통 자줏빛으
로 물들인다 한다. 그리고 이니스프리란 길 호수 안의 어
떤 특정한 섬을 지칭하는 것이 아니라 호수의 한 지역을
통틀어 지칭하는 것이고, 그들이 그곳에 살면서 그곳 사람
들에게 자세히 알아본 결과 예이츠가 말한 이니스프리는
그 지역 안의 여러 섬들 중 이미 널리 알려진 섬이 아니라
했다. 그들은 친절하게도 자기들이 알아낸 이니스프리 섬
을 우리들에게 안내해 주고 숙박집까지 소개해 주었다.

갈대로 육지와 이어져 있는 것 같은 이니스프리 섬 가까
이서 나는 시인의 가슴속 깊이 그처럼 사무쳐 들어오던 섬
의 기슭을 치는 나지막한 물결 소리를 들으려고 귀를 세웠
다. 런던의 포도 위를 걷다가 문득 시인은 그 물결 소리를
듣고 나는 가야지 곧 가야지 독백한 것이다. 그러나 언덕
으로 둘러싸인 육지로부터 불어오는 바람은 갈대밭을 쏴

하고 지나 아주 미세한 파문만을 물 위에 남긴 채 사라져 가곤 했다.

> 그러면 내 마음 저으기 가라앉으리
> 평화는 천천히 아침의 베일로부터 귀뚜라미 우는 곳으로 방울져 내려온다

시인이 누리고자 했던 그 평화라는 것이 내 가슴속에 서서히 퍼져 가고 있는 것을 느낄 수 있었다. 과장도 아니고 수선스러움도 아니었다. 그리고 바라다보이는 평화도 아니었다. 실제로 내 가슴속에 퍼졌던 그 평화로움을 어떻게 표현해야 할까.

예이츠의 무덤을 찾기 위해 그 호수를 떠나오면서 갈대를 보면 생각나는 독일의 시인 레나우의 「갈대」란 시를 생각했다. 달빛이 차갑게 비치는 밤, 섬이 보이는 호숫가에 앉아 있으면 어떤 기분일까. 아마도 레나우의 「갈대」란 시의 마지막 연이 내 기분을 말해 줄 것 같았다.

> 눈물 넘치는 눈을 감으면
> 내 가슴 깊은 골짝에

고요한 밤 기도와 같은

달콤한 그리움이 오고 간다

예이츠의 무덤은 풀 한 포기 없고 꽃 한 송이 바쳐져 있지 않은 채로 평범한 한 교회 안에 자리 잡고 있었다. 교회 안에 친절하게도 예이츠의 무덤이 어디 있다는 것을 알려주는 안내문이 있어서 헤매지는 않았다. 문 교수가 꺾어 놓았던 들꽃 한 송이를 비문 앞에 갖다 놓으면서 좀은 민망한 마음이 들었다. 그러나 그는 자신의 비문을 미리 이렇게 지어 놓았다.

산 자와 죽은 자에게 냉정한 눈길을 던지라, 말 탄 자여 지나가거라.

아주 작은 연민의 정도 거부하고 있는 그의 무덤 앞에 나는 자동차를 타고 가 잠깐 머물렀다 지나온 사람일 뿐이었다.(1996)

아테네의 아크로폴리스에서
- 디오니소스와 소크라테스

 일전에, 아테네 북쪽 몇 킬로미터 지점에서 자동차 사고
가 났다는 뉴스가 있었다. 어지러운 사고 모습 속에 교회
모양을 한 장난감 같은 집이 쓰러져 있는 것이 보였다. 아
테네에서 코린트 가는 고속도로 옆에 심심찮게 보이던 그
작은 교회는 가족이 자동차 사고로 죽은 이의 그 현장에
슬픔을 표시하기 위해 가져다 놓는 것이라 했다. 사고 난
곳에 또 엄청난 사고가 났구나. 그 뉴스는 불현듯 그리스
에서의 "내 풍요한 기억을 기름지게 해 주었다."
 수십 년 동안 줄곧 꿈꾸던 아테네의 파르테논 신전을 상
상하면서 가 보면 실망할 거다 하는 마음이었다. 그러나
올리브 나무 사이로 아테네의 아크로폴리스(높은 곳에 있
는 도시란 뜻)를 향해 언덕을 올라가면서 내 상상이 기우였
음을 깨달았다. 깨끗하게 정돈되어 있는 품이 마치 고전적

예술품을 보는 느낌이었다. 하늘은 '잔인하리만치 푸르고' 공기는 얼마나 싱그러운지. 대리석 계단, 대리석이 깔린 길, 대리석으로 된 엄청난 크기의 도리아식 기둥들, 부서지고, 그리고 부서진 조각들이 널려 있음에도 불구하고 정돈되어 있다는 느낌, 그래서 고전적 아름다움의 극치를 보는 듯했다.

파르테논 신전 앞에서 그 아래 펼쳐진 수천 년을 지탱해온 도시—오늘날 세계의 문화, 정치, 스포츠 등의 토대를 이루었던 도시—를 바라보았다. 놀랍게도 신전 남동쪽 바로 아래 비탈에는 디오니소스 극장이 있었다. 전혀 알지 못했던 사실이었다. 대학 때 아리스토텔레스의 시학을 배우면서 그리스의 비극은 디오니소스 제전 때 행했던 비극 경연대회 때문에 생성, 발달했다는 사실을 알았다.

소포클레스의 오이디푸스 왕 같은 작품도 이곳에서 열렸던 경연대회 때 우승한 작품일 것이다. 디오니소스 찬가라는 디튜람보스가 울려 퍼졌을 것이고, 몇만 명의 사람들은 일 년 내내 쌓였던 스트레스를 비극을 보며 일종의 카타르시스를 행하므로 해소했을 것이다. 그 수천 년 전의 디오니소스 제전의 모습이 내 눈앞에 그려지며 나는 그것을 보고 있는 내 눈을 의심했다. 정말 내가 지금 보고 있는 것이 그 장소인가.

또 다른 쪽, 즉 여인상 기둥으로 유명한 에렉티온 신전 아래로는 고대 아고라의 전경이 보였다. 아고라란 광장이나 시장을 뜻하는 말인데, B.C 6세기경부터 건물과 신전이 들어서고, 광장 주변에는 노점상이 모여 시장이 서기도 했다 한다. 뿐만 아니라 정치 이야기와 연설을 듣는 등 시민들이 정보를 얻기도 했던 곳이다. 나는 거기서 또 하나의 영상을 보았다. 사람들이 많이 왕래하고 왁자지껄한 사이로 한 사나이가 지나가는 사람을 붙들고 열심히 얘기하는 모습을…. 주로 소크라테스는 아고라에서 사람들과 만나 얘기를 했을 것이다.

로마 바티칸에 있는 라파엘이 그린 〈아테네 학당〉이란 그림에 그려진 소크라테스는 못생긴 데다 중심에서 조금 떨어진 곳에서 어떤 사람과 열심히 얘기하는 모습으로 나타나 있다. 아크로폴리스를 내려오는 길에 소크라테스의 감옥이라고 하는 곳을 가 보았다. 길라잡이 말에 의하면 B.C 5세기경의 것이라 하는데 바위산 한쪽에 굴을 파고 그 앞에 쇠창살을 해 놓은 모양의 감옥이었다. 그 시대의 참다운 현자 소크라테스는 그곳에 한 10일간 갇혀 있었고 제우스 신전에 있는 감옥에서 죽었다 한다. 나는 그 말을 들으면서 고소를 금치 못했다. 크레인 브린튼이 쓴 『서양 사상사』에 소크라테스가 어떤 사람과 이런 대화도 했을 것이다 하고 가정하면서, 제우스가 간음을 했기 때문에 신이 아니라는 결론을 끌어내는 대목이 있다. 그래서 제우스가 노해서 그의 신전에서 소크라테스를 죽였단 말인가.

다비드가 그린 〈소크라테스의 죽음〉(1787)이라는 그림이 있다.

소크라테스는 무리 중, 가운데 앉아 독배를 막 받으려고 하면서 한 손으로는 하늘을 가리키고 있다. 주위에는 슬퍼하는 제자들이 역시 상당히 과장된 포즈로 제각각 슬픔을 표현하고 있다.

소크라테스의 제자 플라톤의 글에서는 소크라테스의 마지막이 이렇게 묘사되고 있다. "오오 크리톤, 아스클레피오스에게 내가 닭 한 마리 빚진 것이 있네. 기억해 두었다가 갚아주게." "그렇게 하겠네. 그 밖에 다른 말은?" 이 물음에는 아무 대답이 없었다.

내가 그곳서 만난 디오니소스, 소크라테스, 한 사람은 정치적 목적 때문에 죽임을 당했고, 한 신은 해마다 찬

양의 대상이 되었다.

코린트를 향해 가는 길 위에서 나는 누가 더 후대에 영향을 많이 끼쳤을까를 가늠해 보았다. 결론이 나지 않았다.

"저기 보이는 산 위가 다 하얗지요? 꼭 눈 같지만 저게 다 대리석이랍니다."

길라잡이의 말이었다.(2003)

트로이,
그 성벽 위에 서다

독일의 한 가난한 목사의 아들 하인리히 슐리만에게 책 한 권이 크리스마스 선물로 주어졌다. 거기에는 불타는 트로이 성의 삽화가 있었다.

"아버지 이 성은 어디에 있었지요?"

"호메로스라는 고대 그리스의 위대한 서사 시인이 지어낸 얘기란다."

그러나 소년은 어딘가에 반드시 그 성이 있을 것이라고 생각했다.

이른 새벽에 비행기로 아테네를 떠나 이스탄불에 도착하자마자 버스로 유럽 쪽 마르마라 해안을 끼고 남쪽으로 얼마나 갔을까. 우리가 아시아 쪽으로 건너갈 다르다넬스 해협이 보였다. 버스를 탄 채로 바다를 건너서도 한참이라고 생각될 만큼 더 달려서 슐리만이란 그 소년의 꿈이 현실로 드러난 트로이 성에 도착했다. 슐리만에 의해서 9개의 도시가 층층으로 세워졌던 히사를리크 언덕, 여섯 번째 (일곱 번째 A도시라고도 함) 도시였던 트로이는 3000여 년 동안의 잠을 깨고 신화가 아닌 역사적 사실로 빛을 보게 된 것이다.

호메로스의 「일리어드」를 읽으면서 셰익스피어의 그 감탄할 만한 문장이 어디에서 비롯되었는가? 인간의 속성은? 그 방대하고 빈틈없는 플롯, 장엄한 비극적 결말, 그 책이 인류 문화에 끼친 지대한 영향 등에 더욱 집착하게 되었고, 보들레르의 「백조」란 시를 읽으면서 더욱 그곳에 가 보고 싶었던 것이다.

견고한 성이었다. 성문은 어떠한 기구로도 부술 수 없게 그 앞에 또 하나의 성벽이 있었다. 그리스 연합군이 10년 동안 트로이를 함락시키지 못한 까닭을 알 것 같았다. 이제 내가 그곳에, 그 성벽 위에 서 있는 것이다. 신화와 역사와 백과사전적인 인간의 모습과 아름다움과 장엄한 문체를 모두 아우른 위대한 일리어드(트로이의 다른 이름 '일리오스'의 노래라는 뜻)를 탄생시켰던 그곳에 내가 서 있는 것이다. 믿어지지 않았다.

하늘은 옅은 구름으로 덮여 있었고 그리 멀지 않은 곳에에게 해가 보였다. 일리어드와 오딧세이, 아이네아스 등의 무대. 얼마나 많은 인간의 얘기를 에게 해는 알고 있을까? 그리스 연합군은 그 바다로 들어왔을 것이다. 스카만도로스 강과 시모이스 강 사이에 있다는 넓은 평야가 내 앞에 펼쳐져 있었다. 나는 거기서 그리스의 영웅 아킬레우스와 트로이 제1왕자이고 장군인 헥토르의 싸움을 떠올렸다. 헥토르를 죽인 아킬레우스가 그의 시체를 질질 끌고 성밖을 돌아다닐 때 성벽 위에서 그의 부인 앙드르마끄가 처절한 통곡을 하며 그 광경을 보고 있었을 것이다. 결국 목마 때문에 트로이는 멸망하고 앙드르마끄는 원수인 그리스의 피루스왕에게 전리품으로 끌려간다. 이 일을 보들레르는 이렇게 노래했다.

> 앙드르마끄여, 나는 생각한다 그대를!
> 이 작은 강 그 옛날 그대의 과부의 괴로움의
> 무한한 장엄함이 비쳤던 가련하고 슬픈 거울,
> 그대의 눈물로 불어난 이 시모이스 강은
> (…)
> 위대한 남편의 팔로부터 떨어져 나와

오만한 피루스의 손에 천한 가축이 되어
텅 빈 무덤 곁에서 넋을 잃고 몸을 구부린
앙드르마끄여,

　나는 앙드르마끄를 통해서 수많은 패장의 아내들, 그들
의 기막힌 운명을 피부로 느낀다. 그들의 통곡을 듣는다.
그러나 그리스는 트로이를 멸망시켰지만 트로이의 장군
아이네아스는 로마로 가서 로마의 기틀을 세운다. 로마는
결국 그리스를 지배하게 되고…. 역사 속엔 진정한 승자도
패자도 없는 것일까?
　트로이 성벽 위에 머무른 시간은 잠깐이었지만 내 상념
은 3000여 년을 넘나들었다.

　"살아 있는 사람과는 너무 멀게, 죽은 자들과는 너무 가
깝게 느껴졌다."

　(2003)

이스탄불을 향한
나의 슬픈 노래

혹해와 마르마라 해를 잇는 보스포러스 해협을 배를 타고 지나며 이스탄불의 유럽 쪽을 바라보았다. 이처럼 아름다운 도시가 또 있을까? 현재는 존재하지 않았다. 궁전들과 성벽들과 요새들. 그리고 블루 모스크. 압권인 소피아 성당. 신화들과 옛 얘기들로 가득찬 도시. 그런 도시를 바라보며 나는 왜 시편 137편을, 그리고 영국 시인 바이런 경을 생각하며 슬퍼했을까?

비잔티움, 콘스탄티노풀, 그리고 지금의 이스탄불. 이름이 몇 번이나 바뀐 오랜 역사의 도시. 그리고 서양과 동양에 걸쳐 있는 도시. 헬레니즘 미술과 동방 미술이 만나 비잔틴 미술을 만들어 낸 곳.

보스포러스 해협은 유럽과 아시아를 나누는 분기점이다. 암소의 문이란 뜻이라고 안내책자에 적혀 있지만 길라잡이는 암소가 지나간 자리란 뜻이라고 말해 주었다. 뒤의 뜻이 더 마음에 들었다. 그 옛날 제우스가 사람의 딸 이오에게 반해서 사랑을 했는데 아내인 헤라 여신에게 들킬까 봐 이오를 암소로 둔갑시켰다. 눈치챈 헤라가 이오를 괴롭히기 위하여 빠리 떼를 보냈기 때문에 그를 피해 이 바다를 건넜다 해서 그 이름이 생겼다 한다.

소피아 성당은 고색창연했다. 1500년의 세월을 견뎌 온 사원. 거기서 비잔틴 미술의 주역 모자이크를 볼 수 있었다. 유스티아누스 비잔틴 제국의 황제가 그 성당을 만들고 처음 들어가면서 "오! 솔로몬이여 나는 그대를 능가하였다"라고 외쳤다 한다. 무슬림들이 그 성당을 크게 훼손하지 않은 것은 참으로 다행이었다. 물론 모자이크들을 회칠을 해서 몇백 년을 지났기 때문에 그것을 복원하느라 애는 먹었다 했다. 무슬림들은 "…무슨 형상이든지 만들지 말며"하신 신의 뜻을 철저히 따르기 때문에 그림조차도 용납할 수 없었던 것이다. 그래서 아테네까지 쳐들어간 무슬림들이 그 수많은 대리석 조각상들을 다 없앨 수가 없었기 때문에 머리만 잘라 버렸다는 것이다. 나는 왜 그리스의 조각상들이 머리가 없는가 의아해한 적이 있었다. 의문이 풀렸다.

소피아 성당의 출구 반대쪽 벽면 중앙엔 성모 마리아가 아기 예수를 안고 있고, 한옆에는 콘스탄티누스 황제가 콘스탄티노풀의 모형을, 그리고 한옆에는 유수티아누스 황제가 소피아 성당의 모형을 각각 들고 예수께 바치는 모자이크 그림이 있었다. 그래 이 도시와 이 성당은 예수께 바쳐진 것이다. 그런데 지금은 크리스천이 하나도 없다니….

예레바탄이라고 하는 지하 저수지를 보면서 내 마음은 더 착잡해졌다. 그리스 로마 신들의 신전에서 가져온 336개의 거대한 돌기둥으로 되어 있는 하나의 아름다운 지하 궁전이었다. 맨 뒤쪽에 있는 기둥의 받침대로 쓰인 2개의 메두사 머리 조각상은 하나는 옆으로, 하나는 거꾸로 놓여 있었고, 그곳에 조명이 비쳐져 있었다. 바닥엔 물이 고여 있고, 어둡고 습하고 그리고 어디선가 물소리 같은 것도 들려오는 듯해서 신비롭고 묘한 분위기를 조성하고 있었다. 사람들은 사진을 찍고 그 신비한 기분을 즐기고 있는 듯이 보였다. 그러나 만일을 대비해서 도시 사람들이 먹을 물을 이렇듯 철저히 준비했건만 결국 성은 함락되지 않았던가. 동로마 시대 때 세운 성벽과 성문도 견고하기 이를 데 없었다. 이중 삼중으로 쌓은 철벽 같은 성벽이었다. 성문도 몇 개나 되는지….

나는 콘스탄티노풀의 마지막 날을 생각하였다. 그리고 시편 137편을 생각하고 바이런의 시를 생각하였다.

시 137:1) 우리가 바벨론의 여러 강변 거기 앉아서 시온을 기억하며 울었도다

이 시편을 인용하여 쓴 바이런 시의 1연이다.

우리는 바벨의 물가에 앉아서 울었도다.
우리 원수들이 살육의 고함을 지르며
예루살렘의 지성소를 약탈하던 그날을 생각하였도다

바이런. 그가 왜 아테네 한가운데 조각상으로 남아 그리스 사람들의 존경과 사랑을 받는지… 이제는 그를 이해하게 되었다.

이스탄불 그곳서 나는 시편 137편의 지은이와 만나고 바이런과도 만났다. 그리고 이렇게 나의 슬픈 노래가 지어졌다.
나는 보스포러스 해협에서 이스탄불을 바라보며 울었다.

콘스탄티노풀의 마지막 날을 생각하며….

언제 소피아 성당에서 예수의 이름으로 하나님께 경배
할꼬….(2004)

갑바도기아로
가는 길

거대한 땅덩어리 끝자락으로 해가 지고 있었다. 지평선. 말로만 듣던 가도 가도 끝없는 평원. 파묵칼레에서 하루 종일 달려 갑바도기아로 가는 길이었다.

해는 우리 눈으로 볼 수 있게 자신의 모습을 드러내고 있었다. 동쪽으로 가고 있었기에 몸을 뒤로 돌려 처음 보는 길고 긴 석양을 감탄하며 나는 이렇게 고백했다.

'당신의 서사시는 호메로스에 비할 수 없을 만큼 장엄하고 위대하군요'

우리들 여정의 종착지는 갑바도기아였다. 그러나 내가 터키여행에서 가장 보고 싶었던 곳은 트로이의 유적지었다. 트로이로 가는 길. 유럽과 아시아를 나누고 마르마라와 에게 해를 나누는 다르다넬스 해협을 지나면서 나는 헤로와 레안드로스의 슬픈 사랑 얘기를 생각했다.

레안드로스는 아시아 쪽 아뷔도스에 사는 청년이었고 헤로는 그 반대쪽 유럽의 세시도스라는 도시에 사는 아프로디테의 여사제였다. 레안드로스는 헤로를 사랑했고 밤마다 그 해협을 헤엄쳐 건너 그녀를 만나러 갔다. 헤로 역시 횃불을 밝혀 그를 자기에게로 인도했다. 어느 날 폭풍우가 일어나 파도가 걷잡을 수 없이 거세어지자 레안드로스는 견디지 못하고 익사하고 말았다. 파도는 그를 반대편 해안으로 밀어내었고 헤로는 그의 죽음을 눈으로 확인하게 되었다. 절망한 헤로는 바다에 몸을 던지고… 그 옛날의 사랑은 이렇게 비극으로 끝났다. 그러나 사람들은 그 해협의 가장 좁은 곳이라 하여도 3마일이나 되는데 불가능한 일이라고…, 그러니 지어낸 이야기라고 했다. 그러나 영국의 시인 바이런 경은 그의 다리가 온전치 못했음에도 불구하고 그 해협을 1시간 10분에 헤엄쳐 건넜다고 한다. 그리고 「아뷔도스의 신부」라는 시에서 이렇게 노래했다.

저 젊고 아름답고 용감한 사내를
세시도스의 딸의 단 하나의 소망을
오! 그때 다만 하나 하늘가에 밤의 횃불이 높이 타오르고 있었다.

그리고 거세게 부는 강풍과 부서지는 거품과 째는 듯이
울어 대는 바닷새가 그에게 돌아가라고 경고했지만—
그의 눈은 다만 저 사랑의 빛을,
그의 귀에는 다만 헤로의 노래가 울릴 뿐이었다.

이뿐이 아니다. 영국의 낭만파 시인 키이츠도 「레안드
로스의 그림에 대하여」란 소네트에서 이 사랑을 노래했
고, 〈트로이메라이〉로 우리에게 친숙한 슈만도 그의 환상
소품집 중 〈밤에〉라는 곡을 만들어 그날의 거세게 몰아치
는 파도를 묘사했다.

이 이야기만 있는 것이 아니다. 터키 전체가 신화와 옛
이야기들의 보고라 해도 과언이 아닐 것이다. 이런 이야기
들에서 후대의 예술가들이 얼마나 많은 영감과 예술적 충
동을 느꼈을까? 나는 한동안 그 이야기들이 예술로 승화한
시와 소설과 음악과 그림들을 생각해 보았다.

십여 분 남짓한 시간이 걸려 다르다넬스 해협을 건너면
서 안내자는 계속 1차 세계대전 때에 그곳에서 벌어졌던
처참한 전투 이야기만 하고 있었다.

트로이에서는 '앙드르마끄의 눈물로 불어난 시모이스
강'을 보지 못한 것이 못내 아쉬웠고 호메로스의 고향이

라고 하는 이지미르에서는 그의 발자취를 전혀 찾아볼 수
없었다. 하기야 수천 년 전의 사람이니까, 그리고 그가 그
곳 태생인지도 확실하지 않다고 말하는 사람들도 있으니
까….

　다만 소아시아 7교회 중 하나인 서머나 교회(과거에는 이
즈미르를 서머나로 불렀기 때문)라고 하는 세인트 폴리키르프
교회를 볼 수 있었는데 문을 열어 주지 않으면 들어갈 수
없을 만큼 경계를 하고 있는 모습이었다. 나는 점심시간
지나면 문을 열어 주겠다는 교회 측의 말을 듣고 이리저리
이즈미르를 거닐면서 서머나 교회 감독이었던 폴리캅이
순교할 때 남긴 말을 생각했다.

　　생명의 불멸성 안에서 영과 육이 다 함께 영원한 생명
　　으로 부활하기 위하여 순교자의 반열과 그리스도의 잔
　　에 참여할 수 있게 허락하여 주신 것을 감사하나이다.
　　이로 인하여 나는 모든 것을 찬양하나이다.

　나는 한숨을 쉬며 내가 과연 크리스천인가 내 자신에게
물어보지 않을 수 없었다.
　세인트 폴리키르프 교회는 서머나 교회 초대 감독이었

던 사도 바울의 직전 제자 폴리캅을 기리기 위해 17세기에 지어진 교회라 한다.

　나는 가톨릭은 아니지만 사면초가 같은 그 교회가 명맥만 유지하고 있는 것이 가슴 아파 적은 헌금으로 내 마음을 표하기도 했다. 누가의 무덤이 있는 에페소, 버가모, 라우디기아 교회 유적 등을 돌아볼 기회도 있었지만 전도자들이 그 먼 길을 걸어서 온갖 위협과 배고픔과 추위와 더위를 이겨내며 만든 교회들의 잔해를 보며 한숨지었다.

　목화의 성이라 하는 파묵칼레⋯. 석회석이 많은 온천수가 흐르면서 산비탈을 온통 하얀 종유석 모양으로 뒤덮어 그 모양이 마치 목화송이로 만든 성 같다 해서 붙여진 이름이라 하는데, 실제로 그 인근에서는 목화 재배를 많이 하는 모양이었다. 12월 말경인데도 아직 거둬들이지 않은 목화송이가 밭에 그대로 서 있는 모습이 보였다. 그림에서 보던 그 유명한 자연이 만든, 계단식으로 되어 있는 하얀 욕조에 담긴 희다 못해 푸른색을 띤 온천수의 신비로운 아름다움은 볼 수 없었다. 물이 고갈되어 받아 놓았다가 한 번씩 내보낸다 했다. 지구 자원의 고갈, 나는 잠시 심각해지지 않을 수 없었다.

　갑바도기아는 멀지 않았다 한다. 그곳 자연이 기기묘

묘해서 스타워즈의 촬영지가 되었다 하고 기독교인들이 박해를 피해 지하로 숨어 들어가 지하도시를 만들었다고 한다. 그곳서도 내 마음은 진한 아픔으로 가득 차게 될 것이다.

우리를 태운 버스는 쉼 없이 종착지를 향해 달리고 있었고, 긴 황혼은 서서히 끝나 가고 있었다.(2003)

3장

위대했던
여름, 릴케,
가을날

정지용이 그려 준
고향의 그림

세계적인 테너 도밍고가 대중가요 가수와 노래를 불러 인기를 얻은 후 클래식 음악과 대중음악의 만남이 붐을 이루었다. 우리나라에서도 테너 박인수와 대중가요 가수 이동원이 〈향수〉라는 노래를 불러 세인들을 깜짝 놀라게 했다. 이 노래 자체도 정지용의 시에 대중가요 작곡가 김희갑이 곡을 붙인 것이라 한다.

> 엷은 졸음에 겨운 늙으신 아버지가 짚 벼개를 돋아 고이시는 곳

고향이 무언지 알 만한 나이의 남자 둘이서 온몸으로 이 노래를 부르면 가슴이 조여드는, 결코 불쾌하지 않은 통증 같은 것을 느낀다. 늙으신 아버지가 빠지려는 짚 베개를

다시 고이시는 모습이 눈앞에 선하게 떠오르기 때문이다.

우리나라에서 모더니즘을 이론화하고 그 운동을 전개했던 김기림은 그의 「모더니즘의 역사적 위치」라는 글에서 정지용에 대해 이렇게 말했다.

> 가령 최초의 모더니스트 정지용은 거의 천재적 민감으로 말의(주로) 음의 가치와 '이메지' 청신하고 원시적인 시각적 '이메지'를 발견하였고 문명의 새 아들의 명랑한 감성을 처음으로 우리 시에 이끌어 드렸다.(이상 원문대로 수록)

그러면 모더니즘이란 무엇인가? 장황한 김기림의 이론에서 간단하게 중요한 것 하나만을 말하자면 음악적인 시에서 시각적인 회화적 시의 세계 및 논리적 시로의 변화를 의미하는 것이다. 이러한 이론은 물론 에즈라 파운드의 영향에서 비롯된 것이다. 현대 지식인들의 입에나 오르내릴 뿐 참다운 이해는 받기 어려운 시인이었던 에즈라 파운드, 이미지즘 운동의 주동자. 그의 후배 T. S. 엘리어트로부터 "보다 훌륭한 예술가"란 경칭으로 「황무지」를 헌정받았던 사람. 엘리어트가 그의 글에서, 가장 만족하고 있을 때

는 반드시 파운드의 글을 흉내내고 있음을 발견하게 된다
고 고백하게끔 한 시인이었다. 영미 모더니즘 운동의 발단
에 대한 전조였던 이미지즘은 그림이나 조각이 극도로 절
제된 언어로(동양적인 수법) 재현된 것처럼 보여지게끔 시를
쓰는 문학 원리를 나타내는 말이다.

　이 이미지즘이 우리나라에서 김기림에 의해 이론화되고
시운동으로 전개되었지만(1934) 그보다 앞서 1928년대에
정지용의 시에서 그 작품상의 실천을 보았던 것이고 1937,
38년대에 김광균 등의 시에서 작품상의 형성을 보게 된다.
"시를 하나의 회화다라고 하면 김광균이야말로 시인의 감
각을 잘 회화화한 사람이다."라고 백철은 그가 쓴 국문학
사에서 말하고 있다.

　책에서 곧잘 인용되는 정지용의 감각적인 언어들은 아
니지만 이 향수라는 시에서도 그의 뛰어난 감각적 세계의
언어들을 발견하게 된다.

　　예쁘지도 않은 사철 발 벗은 아내가 따가운 햇살을 등
　　에 지고 이삭을 줍던 곳

　　평범한 한국적 얼굴에 소처럼 일만 하는, 구부린 아내

의 등에 따가운 햇살이 비치는… 하나의 그림을 우리는 그려 볼 수 있다. 또, 뛰어난 청각적 이미지의 언어들도 발견할 수 있다. 헤설피 금빛 울음을 우는 황소, 옛이야기 지줄대며 흘러가는 실개천, 비인 밭에 부는 바람이 말을 달리고…. 고향을 그리는 마음이 감각적으로 살아서 우리 마음속에 영원한, 우리만이 느끼는 고향의 영상을 되살려 준다. 그가 고르고 고른 언어로 그려 준 몇 장의 고향의 그림, 고향의 소리, 고향의 정취를 가지고 우리 모두는 하나가 될 수 없을까? 이 땅에서 태어나 자라나지 않은 사람은 이 고향의 감각을 반응할 수 없기 때문이다.

이제 향수라는 그림에 어떤 색을 칠해야 되는가는 우리 모두의 숙제다. 향수란 진한 아픔인가 슬픔인가 아니면 기쁨인가?(1994)

위대했던 여름, 릴케, 가을날

    유난히도 더웠던 금년 여름을 지내 놓고 글줄이나 읽은 사람이면 으레 인용하던 시구가 있다.

    지난 여름은 참으로 위대했습니다.

    라이너 마리아 릴케란 아름다운 이름의 시인. 그가 쓴 「가을날」이란 시 첫 행의 일부다. 아폴로는 왜 지난여름에 그리도 열정적으로 그의 불 수레를 몰았을까? 구름 한 점 없는 하늘에 어김없이 태양은 솟아오르며 불타오르고 비는 오지 않았다. 아주 절망적일 때 도저히 값으로 환산할 수 없는 귀한 비가 오긴 왔지만 그 여름을 사람도 동식물도 잘 견뎌 내었다. 시장에 풍성하게 쌓인 과일들. 그 단맛은 시련에 대한 보상이었을까?

남국의 햇빛을 이틀만 더 주시어 포도의 단맛을 더하게
하소서(시구를 축소함)

위대했던 여름을 보낸 우리는 아주 자연스레 이 시와 공
감하고 일체감을 느낄 수 있게 된다.

가을의 색으로 갈아입은 나뭇잎들마저 거의 반 이상 떨
어져 버린 만추의 한낮. 오랜만에 릴케의 시와 마주하고
있는 이 시간에, 머릿속으로 그와 연관된 많은 얘기들이
줄을 잇는다.

스승 양명문 시인으로부터 들은 기억을 더듬으며 로뎅
과 릴케의 만남을 떠올린다. 그가 쓴 「말테의 수기」며 십수
년의 연상인 루 살로메에 대한 연정, 그녀는 이미 니체에
의해 끈질긴 구혼을 받은 바 있고, 프로이트와도 독특한
우정을 나눈 바 있었던 기성의 여류 작가였다. 그러나 릴
케는 그 밖에도 많은 여인들과 열애에 빠지기도 했다. 발
레리에게 감동해서 앙드레 지이드에게 한 편지의 유명한
구절도 기억한다.

나는 홀로 있었다. 나는 기다리고 있었다. 어느 날 나는

이니스프리
그 이루지 못한 꿈

발레리를 읽었다. 그리고 내 기다림이 끝난 줄 알았다.

릴케에 있어서는 중요한 두 가지 체험이 있었는데, 그것은 러시아와 빠리의 체험이라 한다. 그는 프라하 출신의 독일 문학가로 러시아 첫 여행에서 칠순의 톨스토이와 광활한 평원에서 이름할 수 없는 감격을 맛보았다 했다.

"러시아는 어떤 의미에서 나의 체험과 감수성의 기초가 되었으며, 그것은 1902년 이후 빠리가 나의 형상력에 대한 욕구의 기초가 되었던 것과 같다"고 그는 말했다. 즉, 러시아는 시의 원동력을, 빠리는 그것을 시로 만들어 가는 형상적 능력을 부여한 셈이다. 빠리의 체험이란 구체적으로 로뎅과의 만남을 의미하는 것이라 할 수도 있겠다.

한스 E. 홀투젠의 「빠리와 로뎅」이라는 글에서 인용한다.

로뎅은 만 5년 동안 이 시인(릴케)이 감탄을 금할 수 없었던 모범적인 예술가였다. 그가 볼 때 로뎅은 끊임없이 생산해 내는 강렬성을 가진 위대한 인간이라는 이념을 대표하고 있었다. 창조적인 생명의 극치였고 창조행위 전체의 원리였다.

비단 릴케에게만 있었던 감탄이었겠는가. 1983년 겨울, 센느 강변 가까이 있는 로뎅 하우스를 급하게 둘러본 내게도 그의 작품들은 끊임없는 창조에의 열정과 힘을 발산하고 있었다.

로뎅에게서 형상화의 능력과 소재의 극단적인 고밀도화를 배웠으나 그는 고답파도 이미지스트도 아니었고, 상징주의 시인과 교류하였으나 그들 중 한 사람도 아니었다. 다시 가을날로 돌아가서 그 마지막 연을 생각해 본다.

> 지금 혼자인 사람은 그렇게 오래도록 살 것이며
> 깨어 앉아 책을 읽고 긴 편지를 쓸 것이며
> 나뭇잎이 구를 때면 가로수 사이를 이리저리 불안하게
> 방황할 것입니다

그가 인식해 들어간 인간 존재와 사물의 본질이 지닌 고독의 실상, 불안이 위 연에서도 잘 나타나 있다. 그래서 사람들은 그 고독과 불안 등이 실존주의의 가장 핵심적인 요소라 하여 그를 실존주의 시인이라고 말하기도 한다. 그에게서 가장 영향을 많이 받았다고 스스로 말하는 김춘수 시인의 「꽃」의 한 연을 보자.

내가 그의 이름을 불러 주었을 때
그는 나에게로 와서
꽃이 되었다.

사물로서의 꽃의 생태적인 속성을 매개로 해서 인간의 근원적 고독을 드러내려는 릴케적 발상이라고 그는 말한다.

장미여 오 순수한 모순이여 기쁨이여 그 많은 눈꺼풀 아래에서 그 누구의 잠도 아닌 잠이여

릴케 그가 직접 쓴 그의 묘비명 그대로,

그는 하나의 만개한 장미였고 순수한 모순이었다.

글은 넘쳐 흘러 끝을 내지만 나는 좀 더 릴케와 마주 앉아 있어야 될 것 같다.(1994)

성북동 비둘기와 광장
-이명준의 진혼을 위하여

김광섭 선생님은 자그마하고 조용한 사람이었다. 강의 시간에도 조용조용하게 결코 어조를 높이는 일이 없었다. 이헌구 선생님이 문리대 학장으로 있었고 그와 문학적으로, 혹은 인간적으로 절친했던 김광섭 선생님은 친구를 만나는 재미 하나를 더 붙여 일주일에 한 번이던가 두 번이던가 작가론을 강의하기 위해 신촌을 오르내렸다. 이헌구 선생님은 키가 훤칠했고 만년 소년이라 별명이 붙여졌는데, 두 분이 마주 서서 얘기하는 모습이 어쩌다 눈에 띄면 꼭 연인 같다는 인상을 받을 만큼 보기 좋았다.

이들은 우리 국문학사에서는 해외문학파에 속한다. 이 파의 이름은 프로문학 하는 사람들이 이들을 소부르주아적이며 반동적인 외국문학 번역 소개 등의 활동을 하는 클럽이라고 비난한 데서 붙여졌다. 그러나 그들 이전에도 번

안문학 외국문예 사조 소개, 도입 등의 활동이 있었으나 그것은 태반이 일본문단의 것을 매개로 해서 받아들여진 것이고 직접 외국문학을 번역 소개하는 본격적 활동은 없었던 것이다.

이러한 사실에 눈을 뜬 해외문학도들이 1926년에 동경에서 하나의 그룹을 결성했으니 그것이 해외문학연구회이다. 1927년 1월에 기관지『해외문학』을 발간했다.

『해외문학』은 2호에 그치고 말았지만 이들이 귀국한 후에도 프로문학과 논쟁을 벌이는 등 활동하였고 이후 국내 신문사 방송사 등 각기 저널리즘의 지위를 차지하면서 큰 세력으로 화했다.

성북동 산에 번지가 새로 생기면서 본래 살던 성북동 비둘기만이 번지가 없어졌다.
새벽부터 돌 깨는 산울림에 떨다가 가슴에 금이 갔다.
그래도 성북동 비둘기는 하느님의 광장 같은 새파란 아침 하늘에
성북동 주민에게 축복의 메시지나 전하듯 성북동 하늘

을 한 바퀴 휘돈다. (하략)

「성북동 비둘기」란 김광섭 선생님의 시다. 그의 시는 이처럼 산문적 언어였지만 강의 언어는 시적이었다.

1961년이었던가 우리가 들어 보지도 못했던 최인훈이란 작가의 『광장』이란 소설을 선생님은 소개하면서 강의하였다. 6·25전쟁을 배경으로 한 소설 중에서 가장 높이 평가하였고, 그런 소설이 나왔다는 데 조금 흥분했던 것 같았다. 최인훈의 『광장』을 논하라는 시험 문제까지 미리 내 줄 정도였으니….

전후에 발표된 가장 중요한 장편 중의 하나라고 평가된 『광장』이 1960년 10월 독자들에게 주어졌던 것이다. 이데올로기와 사랑이라는 암초에 걸려 자살하지 않을 수 없었던 한 지식인의 외로운 자기 성찰이 그려져 있는 『광장』을 그는 네 번이나 고쳐 썼다. 젊은 사람이 할 만한 가장 좋은 것 중의 하나가 사랑이라고 그는 겸허한 목소리로 누누이 말한다. 사랑이 없다면 풍문과 이데올로기만 남는다. 단지 사랑만이 인간을 그 자체로 체험하게 해주는 것이다.

평론가 김현의 이 평은 사랑을 부각시켰지만 대학 때 내가 읽었던 기억과는 사뭇 다르다. 사랑에 대해서는 그 소설에서 키스라는 것이 입술만 대는 것이 아님을 알았을 뿐이었다.

고쳐 쓴 최인훈의 『광장』은 조금은 산만하고 김광섭 선생님이 입이 마르도록 칭찬한 시적 결말이 퇴색된 느낌이었다. 이데올로기에 의해 희생된 한 젊은 지성인…. 그가 설 곳이 지구상 어디에도 없다는 그의 비극적 결말을 가슴 아파했을 뿐이었다. 뚜르게네프의 처녀지를 읽으면서 남자 주인공을 가슴 아파했듯이 그렇게….

이북에 높은 분을 아버지로 둔 죄로 그는 남한에서 요시찰 인물이 되었고, 사상적 사건이 날 때마다 불려가는 등 고통을 당하다 이북으로 탈출한다. 거기서도 그는 그들 세상에 동화되지 못한다. 6·25전쟁에 참전하고 포로가 된 그는 포로석방 교섭 때 제3국을 택한다. 한국 어디에도 그가 설 땅이 없기 때문이었다. 그리고 제3국을 향해 가던 칠흑 같은 여름의 바다 배 위에서 한 고함소리가 들린다. 누가 바다에 빠졌다, 라고…. 그 결말을 김광섭 선생님은 시적 결말이라 했던 것이다.

그러나 광장의 주인공 그의 결말이 그 자신의 잘못은 분명 아니다. 시대와 이데올로기와 배경 등이 연출해 낸 비극이었다. 오이디푸스 왕의 결말도 역시 그랬다. 참다운 비극이라는 것은 그 자신의 잘못 없이 다른 이유로 비극적 결말을 맞이할 때 주어지는 것이다.

누가 책임을 질 것인가, 이들 인생에 대해서….

우리에게 참으로 잔인했던 6월을 보내며 나는 마음으로 통곡한다. 그리고 이 비극적 결말을 시적 결말로 바꿀 수 있는 것은 오직 예술적 형상화만이라는 생각을 하면서 『광장』의 주인공 이명준의 혼을 작가 최인훈의 글로 위로한다.(1996)

국화꽃,
내 누님같이 생긴 꽃이여

　길을 가다가 문득 꽃집 앞에서 올망졸망한 화분에 담긴 국화를 보았다. 그리고 국화꽃의 진한 향기가 곧이어(?) 내 후각을 즐겁게 하여 주었다. 시각이 먼저였는지 후각이 먼저였는지…. 더러는 활짝 피어 있고 더러는 반쯤, 그리고 더 많게는 아직 봉오리였다.

　가을, 그래서 단풍만 생각했다. 이 계절엔 국화도 있다는 사실을 잊고 있었는지….

　　노오란 네 꽃잎이 필라고
　　간밤엔 무서리가 저리 내리고
　　내게는 잠도 오지 않았나 보다.

　서정주의 「국화 옆에서」의 제4연이다.

서정주는 동인시지 시인부락 출신으로서 이 시대 20년대의 시인의 특수한 일 풍모를 보인 특색 있는 시인이었다.

초기의 그의 시는 고유한 한국의 서정이요 한국인의 심정의 원형 혹은 이상형을 찾는 것이었다. 그리고 그것이 한국인의 시인으로서의 서정주의 일생의 사업이 되었다. 즉 그는 전통적 서정에 새로운 국면을 개척하면서 특이한 관념의 세계로 점점 들어서게 되었는데 이러한 경향의 시초라고 볼 수 있는 동시에, 알레고리가 이 계통의 다른 어떤 작품보다도 관념과 밀착되어 있는, 따라서 제1급의 시로서 성공한 작품이 국화 옆에서이다.

이 작품에는 한 송이의 국화꽃을 피우기 위한 몇 개의 아무런 연관이 없어 보이는 알레고리(비유된 이야기)들이 설정되어 있다.

그것들은 봄부터 그렇게 운 소쩍새, 먹구름 속에서 운 천둥, 그리고 잠 못 이루는 무서리 내린 밤 등이다. 위 설정

된 얘기들은 '한 송이 국화꽃을 피우기 위한 우주의 협동하는 힘, 인연이 없을 듯하면서 맺어진 생명의 사랑이 얼마나 놀라웁게 체득되었는가'를 보여준다.

이질적인 요소들을 결합하여 하나의 전체를 형성하는 이러한 능력은 이 시인이 얼마만 한 원숙도에 도달했나 하는 것을 나타내 주기도 한다.

렌슘(미국의 신 비평가)은 이렇게 말했다.

> 과학은 합리적이고 실제적인 충동을 빛나게 하여 이성을 극소화하고 시는 인식적 충동을 빛나게 하여 이성을 극소화한다.

과학은 한 사물에 대한 하나의 인식에 도달하려는 노력이고 시는 다양한 인식을 가능케 한다는 말이다.

서정주가 활짝 핀 국화꽃을 보고 인식한 것은 존재란 우주와 협동하는 힘으로 만들어진다는 것, 즉 우연적 산물이 아니라는 것이다. 그것만이 아니다. 서정주는 온갖 사연을 겪고 마침내 피어난 한 송이의 국화꽃을 보고 한국적 누님상을 창조해 낸다. 그가 인식한 누님상은 어떤가….

그립고 아쉬움에 가슴 조이던 머언 먼 젊음의 뒤안길
에서 이제는 돌아와 거울 앞에 선 내 누님같이 생긴 꽃
이여

이 우물물같이 고이는 푸름 속에
다수굿이 젖어 있는 붉고 흰 국화꽃은
누님
누님이 피우셨지요?

서정주만은 아니다. 또 다른 시인도 「밤바다에서」라는
시에서 아래와 같이 노래했다.

누님의 치맛살 곁에 앉아
누님의 슬픔을 나누지 못하는 심심한 때는
골목을 빠져나와 바닷가에 서자.
(…)
누님의 치맛살에 얼굴을 묻고
가늘고 긴 울음을 울음을
울음 울리라.

이니스프리
그 이루지 못한 꿈

멀리 가신 엄마를 기다리다 칭얼대는 동생을 업고 달래 주던 누나, 야단 맞는 동생을 치마폭으로 감싸 주고 먹을 것 생기면 몰래 아껴 두었다 주던 누나, 그래서 누님이 시집갈 때 장독대에서 울던 동생이었다.

결코 동생에게 그런 누나가 되어 주지 못한 회한이 가슴을 친다. 2년 전에 이 세상에서 누나라고 불러 줄 단 한 사람의 친동생을 잃었다. 그래서 아직도 그 죽음의 고통과도 같은 침잠 속에서 헤어나지 못하고 있다. 어째서 동생에게 한 번도 그런 넓은 사랑의 한국적 누나가 되어 주지 못했던 것일까. 머언 먼 젊음의 뒤안길에서 돌아온 그런 인고를 다 치른 성숙한 아름다움의 전통적인 우리네 여인도 되지 못했다. 그렇다고 서양 여자도 아닌 국적 없는 오늘의 한국 여인들….

그리 춥지 않은 가을 하늘 아래 고고하게 피어 있는 국화 옆에 망연하게 잠시 그렇게 서 있었다. 한국의 남성들이여, 아직도 고유한 전통적 한국의 누님상에 대한 환상을, 꿈을 가지고 있는가.(1995)

양주동, 노천명, 그리고 춘향

계절의 여왕 오월의 푸른 여신 앞에 내가 어쩐지 무색
하고 외롭구나.

노천명이 쓴 「푸른 오월」의 일부다.

'목이 길어 슬픈 짐승이여'로 더 알려진 이 시인에 대한
일화를 양주동 선생님의 현란한 강의 시간에 듣고 아직도
잊지 못하는 것은 그것이 충격적이었기 때문이 아닐까?

양주동 선생님의 얼굴을 직접 대한 것은 대학교 3학년
때였던가, 신라 향가 시간에 그가 강사로 초빙되었을 때
였으리라. 사람들은 그를 국보라 자칭하는 사람쯤으로 알
고 있었나 본데 내겐 그런 선입견은 없었다. 다만 고등학
교 국어 교과서에 그가 쓴 「노변의 향사」란 글을 배울 때
그의 글이 세련되고, 또 영문학을 전공했다는 이유로 해서

그가 영국 신사처럼 우아한 매너를 가진 사람일 것이라고 막연한 생각을 하고 있었을 뿐이었다. 그런데 그를 본 순간에 참으로 내 생각이 빗나갔음을 현실적으로 깨닫지 않을 수 없었다. 얼굴은 크고 네모났고 목소리는 탁배기 소리 같았으며 다림질이라고는 해 본 적이 없는 것 같은 바지에, 더군다나 자기가 강의할 자신이 쓴 책을 책방에 갖다 놓지 않고 교단 위에서 자신이 직접 파는 그런 분이었다. 우리는 그를 빈대떡, 엽전, 그리고 맥주만 좋아함에도 불구하고 막걸리란 별명을 지어 붙였다. 강의 시간에 그의 지식은 동서양을 종횡무진할 만큼 놀라워서 몇 줄의 진도밖에는 나갈 수가 없었다. 특히 한문에 능했고 우리 국문학사에서는 국민문학파의 한 사람으로서 프로문학과 '형식과 내용' 문제로 한바탕 지상논쟁을 벌이기도 한 문학이론가요, 한자의 음과 뜻을 따서 만든 이두문으로 쓴 향가를 풀이해 내는 큰 일을 한 학자였다. 또, 그 당시에는 우리 문학사의 산 증인이기도 했다.

그에게서 들은 많은 문인들의 숨겨진 얘기들 중에 이른바 노천명 사건이라는 것도 들어 있었다.

노천명은 춘향에 대하여 지나칠 만큼 경외감을 가지고 있었던 듯싶다. 그래서 그는 춘향을 한국의 가장 바람직한 여인상으로 꼽고 흠모하고 숭배했다. 어느 문인들의 모임에서 한 남자 문인이 춘향이를 야유하고 헐뜯기 시작했다.

다 큰 계집아이가 그네를 탈 양이면 즈이집 뒷마당에서나 탈 일이지 벌건 대낮에 뭇 사람이 다니는 한길 가 같은 데서 탈 것은 뭐며 또 달아나다 벗겨진 신 한 짝을 이 도령이 건네주면 냉큼 받아 갈 일이지 열여섯밖에 안 된 것이 뭘 안다고 부끄러워 부끄러워 고개를 외로 꼬며 손을 내밀다 말다 하며 신을 받아 가느냐, 고것이 벌써 엉덩이에 뿔이 난 것이 아니고 무엇이냐. 무슨 놈의 요조숙녀냐.

대강 이런 내용이었다. 이러한 춘향에 대한 모독적 발언은 노천명으로서는 견딜 수 없는 일이었다. 결국 한쪽이 멱살을 잡히고 한쪽은 머리채를 나꿔채이는 난투극이 벌어졌던 것이다.

어느 해 오월의 하루, 남원의 광한루를 찾아 그 깨끗하게 정돈된 오작교와 광한루와 또 춘향이가 그네를 탔음직한 곳을 돌아보며 노천명의 그 이해하기 힘든 춘향에 대한 경외심과 이성을 잃은 행위 등을 생각해 보았다. 사

랑을 지키기 위해 목숨까지도 버리려 했던 춘향이와 '꺾
어질지언정 구부러지지 않는' 자신과의 상통점 때문이 아
니었을까.

　　노천명의 시는 모윤숙의 그 감상과 과장을 제한하고 순
　　화했다는 데서 현대적 시로 일보 전진한 여류시인이다.

　앞에 여류라는 말이 붙기는 하지만 우리 국문학사가 그
에 대해 내리는 평가이다. 목이 긴 사슴처럼 고고한 인품
으로 꽤 괜찮은 평가를 받은 시인으로 알려진 그가, 춘향
이를 봄이 되어 바람난 일개의 계집아이쯤으로 생각하는
것에 대해서 그렇게도 격분해서 자신을 무너뜨렸다는 사
실을 '성격의 상통점'으로 해석해도 여전히 미흡하다는 생
각이 든다.

　　우물가에서도 그는 말이 없었다
　　아라사 어디메로 갔다는 소문을 들은 채
　　올해도 수수밭 깜부기가 패어버렸다

　　샛노란 강냉이를 보고 목이 메일 제

울안의 박꽃도 번잡한 웃음을 삼켰다.

수국꽃이 향기롭던 저녁

처녀는 별처럼 머언 이야기를 삼켰더란다.(「옥수수」)

위의 시구에서 볼 수 있듯이 '센티멘탈리즘을 제어한 세련된 정서를 읊었던' 그였다. 감정의 절제가 그의 시를 돋보이게 했건만….

오월이 오면 언제나처럼 '나실 제 괴로움 다 잊으시고'의 작가 양주동 선생님을 생각하게 될 것이다. 위대한 시한 편을 쓰고 죽어야 할 텐데…. 그동안 그가 이룩한 학문적 업적이 위대한 시 한 편만 하겠느냐고 하면서 쓸쓸해하시던 그 표정이 그가 자신을 아무리 자랑해도 밉지 않은 충분한 이유가 되었다.

그리고 또 젊은 꿈도 무색해할 푸른 오월 앞에 고고하게 앉아 있는 노천명을, 그리고 춘향을 생각하며 마음 아파할 것이다.

고도우를 기다리는
사람들

　며칠 전에 사무엘 베케트의 〈고도우를 기다리며〉란 연극을 부산서는 처음(?)으로 공연한다는 방송을 얼핏 들었다. 그보다 훨씬 먼저 같은 부조리 연극의 대가 헝가리 태생의 이오네스코가 타계했다는 소식도 들었고. 부산서 이 연극을 공연한다면 몇 명이나 갈 것인가 하는 우려를 하면서『고도우를 기다리며』란 책의 역자 후기에서 읽은 글이 생각나 쓴웃음을 지었다.

　브로드웨이에 즐비한 극장들이 다 화려한 연극과 사치한 관객을 자랑하고 있었건만 고도우를 상연할 때만은 남루한 의상에 감긴 소수의 배우들을 상대하여 심각한 표정으로 생각은 하면서도 만족의 웃음을 아끼지 않은 특수한 지식인층이 관중의 대부분이었다. 공연 도중에 불쾌 처음 이 희곡을 읽고 나서 받은 감동은 신선한 충격이라고나 할까? Godot. God(하나님)에다 ot를 붙인 '고도우를 기다리며'라는 제목이 곧 이 연극의 중심 테마이다. 고도우는 연극이 끝날 때까지 결코 오지 않고, 기다림은 계속되는 것 같다.

베케트의 이 부조리극은 이오네스코의 〈대머리 여가수〉를 읽었을 때처럼 솔직하게 말해서 황당하지는 않다. 처음부터 끝까지 계속되는 테마가 있기 때문에 극 내용을 전연 무시한 이오네스코의 희곡보다는 덜 헤매도 된다는 말도 될 수 있다. 즉, 이오네스코에 있어서는 표현이 곧 내용이자 동시에 형식이기 때문이다.

부조리 연극은 의미와 목적을 잃은 세계를 보는 방식 가운데 하나이다. 그런 입장에서 부조리극은 이중의 역할을 담당한다. 처음 역할은 풍자로서 보잘것없고 부정직한 사회를 비판하는 것, 두 번째 역할은 더욱 적극적인 것으로 사회적 지위, 역사적 전후관계라는 우연적 환경이 벗겨진 근본적 자기 실존의 상황에 직면한 인간을 취급하는 희곡에서 인간의 부조리를 보도록 하는 것이다.

등장인물은 다섯인데, 먼저 등장하는 부랑자 둘은 게으르고 방탕하다. 그들은 길가 마른나무 옆에서 고도우를 기다리고 있다(고도우를 만나기로 약속된 장소). 그다음의 둘은 압박자와 피압박자. 그리고 막이 끝날 때마다 나타나서 "고도우는 오지 않는다. 내일 올 것이다"라고 말해주는 소년. 막이라야 이 막이 전부이지만 그들이 기다리는 고도우가 누구인지 혹은 무엇인지 작자는 답을 주지 않는다. 신이라고 해도 좋겠고 희망이라고 해도 좋을 것이다.

고도우가 오면 구원이고 안 오면 목매어 죽을 것이라는 것을 그를 기다리는 부랑자 둘은 반복해서 말하고 있다. 성서에 대한 신랄한 비평도 있고(예수와 같이 못 박힌 두 강도의 이야기) 의미 없는 것처럼 주고받는 말 속에 감춘 예리한 생에 대한 비유들도 있다. 그래서 우리는 불쾌한 표정으로 공연 도중에 퇴장하는 점잖은 신사와 같이 될 수도 있다. 그러나 앞에서 말한 바와 같이 이것은 의미와 목적을 잃은 세계를 보는 하나의 방식일 뿐이다.

세계를 보는 여러 가지 방식이 있을 수 있다. 우리는 이

런 여러 방식을 통해 한 가지 진리에 가깝게 도달할 수 있
는 것이다. 신도 죽고 인간도 죽어 버렸다는 유럽의 혼란
과 고민을 어떤 방식으로 바라보느냐를 제시해 주었을 뿐
이다. 결코 오지 않는 고도우를 기다리는, 그러나 목매어
죽을 수도 없고 그와의 약속장소에서 떠날 수도 없는 절
망한 현대인의 비극적 모습을 우리는 볼 수 있다. 그러나
베케트는 구원을 갈망하는 한 작은 등불을 결코 끄지 않
았다.

> 우리는 내일 목매달아 죽을걸,
> (…)
> 고도우가 오지 않으면 말이야.
>
> 그리고 그이가 오면
> 구원을 받게 되지
>
> …자 우리 갈까?
>
> 그래 우리 가세

(그들은 움직이지 않는다)

❖ 사무엘 베케트(Samuel Beckett, 1906~1989). 아일랜드 태생의 프랑스 작가. 『고도우를 기다리며』는 1952년에 출판되었고, 1969년에야 노벨 문학상을 타게 되었다. 그는 상을 받게 되었다는 사실을 모른 체하고 잠적했다 한다.

시인은 시를,
하나님은 나무를

나는 나무처럼 사랑스런 시를 본 적이 없어요.

  조이스 킬머의 「나무」란 시의 첫 구다.
  서울 정동 1번지. 학교 운동장 남쪽 끝 언덕 위에는 아름드리 플라타너스 나무들이 둘러서 있는 풀장이 있었는데 나는 시간만 있으면 몰래 도망쳐 나와서 그 나무 아래서 단꿈을 꾸곤 했다. 빌헬름 뮐러가 지은 시에 슈베르트가 작곡한 〈보리수〉의 한 구절처럼 그렇게….
  수많은 잎들이 바람에 흔들리며 자기들끼리 무언가 속삭이는 소리, 그 잎들 사이로 들어오는 햇빛의 현란한 춤들, 잎의 푸른색과 하늘 푸른색의 묘한 조화 등에 흠뻑 취해 나무에 대해 시를 짓고 싶은 간절한 마음을 갖고 있었다. 그때 발견한 시가 바로 조이스 킬머의 「나무」란 시였

이니스프리
그 이루지 못한 꿈

다. 시에 대한 사랑도 남달랐던 나는 시와 나무의 이미지를 한 데 묶은 이 첫 구에 감동을 받지 않을 수 없었던 것이다. 그러나 여기에 그친 것이 아니었다.

나 같은 바보는 시를 지어도 하나님은 나무를 만들 수 있는 단 한 분이십니다.

이 마지막 구절은 오랫동안 내 무의식 속에 저장되어 있던, 한 이해되지 않았던 경험을 의식 속으로 끌어올려 주었다.

어렸을 때 결핵성뇌막염으로 죽음의 문턱까지 간 적이 있었다. 청량리 밖 위생병원에서 스트랩토마이신이라는, 그곳에서만 맞을 수 있는 주사를 몇 대 맞고 그 지독한 두통이 사라졌을 때, 나는 밖에서 친구들이 놀자고 나를 불러내는 것 같은 소리에 이끌리어 나뒹굴면서 벽을 짚고 현관 밖으로 나갔다.

4월의 햇빛은 그야말로 눈부셨고 미풍은 그렇게도 감미로웠다. 나뭇잎이 싹트는 소리, 땅에서는 흙을 쳐들고 올라오는 새싹들의 소리, 새들의 노랫소리, 나는 그 모든 것을 느끼고 들으면서 "나는 결코 죽지 않을 것이다" 발끝에서 머리끝까지 전율하면서 속으로 외치고 있었다. 열 살도 채 안 된 어린아이가 무엇 때문에 4월의 눈부신 햇빛 아래 서서 고조된 음악을 배경으로 한, 영화의 한 장면처럼 생명에 대한 강한 집념의 모습을 보였을까. 그때까지도 의문이었다. 그러나「나무」란 시로 나는 그때 내가 들었던 온 천지에 충만했던 그 소리가 생명을 주신 하나님께 드리는 그들의 환희의 합창이었던 것을 깨달았던 것이다. 베토벤〈합창〉교향곡의 그 합창보다도 더 환희에 찬 그 노래가 나를 생명의 강한 의지로 이끌었고, 하나님은 내 의지와 어머니의 결사적인 기도에 미소를 보내셨던 것이다.

덤으로 사는 인생이 이리도 긴데, 어머니는 내가 자기 앞에 죽을까 봐 평생 걱정하며 사셨다. 하나님께 영광을 드리지도, 부모를 영화롭게 하지도 못한 채 시간만 보냈다. 다만 부모보다 오래 산 것이 효도가 아닐까 생각하며 위로를 받는다.

지금은 가로수의 싹트는 푸른 속삭임도, 풀숲에 기는 벌레들의 소리도, 별들의 밀어도 듣지 못한다. 그러나 길섶에 핀 작은, 그리 예쁘지도 않은 들꽃도, 발에 밟히는 들풀도 다 하나님의 손길로 만들어졌다는 것을 안다. 오늘도 나는 한껏 푸르름을 자랑하는 나무들을 보면서 이렇게 고백한다.

시보다 더 아름다운 나무를 만들 수 있는 분은 오직 하나님 당신뿐입니다.

✤ 조이스 킬머(Joyce Kilmer, 1886~1918). 미국 시인. 저널리스트. 1차 세계대전에 참전하여 프랑스에서 전사하였다.

이 시대
현자는 어디에

크레인 부린튼 교수(미국)가 쓴 『서양사상사』(원제 *Ideas and Men* 그리고 'The story of Western Thought'라는 부제가 붙어있다.)를 우리나라에 처음 소개한 사람은 숭실대학교 철학과 최명관 교수다. 그는 존 스트워트 밀의 『자서전』, 『예수의 생애』, 『인간이란 무엇인가』, 『앙띠 오이디푸스』, 『플라톤의 대화』 등 수많은 책들을 번역했고 데카르트, 상징주의 철학자 캇시러의 철학 등 저서도 십여 개 된다. 나의 고모부요 참 학자인 그는 항상 책상 앞에 앉아 글을 쓰고 있었다. 책이 나오면 꼭 내게 한 권씩 주셨는데, 이 『서양사상사』는 1950년대에 번역된 책으로, 나한테 있는 책은 4290년(1957년) 수도문화사에서 펴낸 재판본이다.

이 책을 읽은 때는 아마도 대학생활을 막 시작한 때였던가 싶은데 나는 그때 이 책을 읽고 인간의 정신이, 아니 사

이니스프리
그 이루지 못한 꿈

고 능력이 어디까지 뻗어 나갈 수 있는가 감탄했었다. 지금도 잊지 않고 필요할 때 잘 사용하는 내용의 글이 있다.

소크라테스는 아테네의 시장에서 어떤 아테네 시민을 한 사람 붙들고 이야기를 시작하여 천진난만하게 이렇게 질문을 하나 걸었음 직도 하다.

"당신은 제우스가 선한 생활을 하게 한다고 믿지 않습니까?"
그러면 그 시민은 "믿고 말고요"라고 대답한다.

"당신은 제우스가 인간인 여자에게서 아이를 낳았다고 믿습니까?"
그 사람은 확실히 믿고 있다. 그는 성장하는 동안에 제우스가 레다, 다나에, 유로파 그 밖에 하고많은 여자를 사랑한 이야기를 들어 왔으며 그 여자들의 영웅적인 자손(제우스와의 사이에서 낳은)에 관한 이야기를 모두 알고 있다.

"그렇다면 당신은 제우스가 간음죄를 범했다고 믿습니까?"

소크라테스가 묻는 말이다. 그 시민은 이렇게 말하고 싶지 않으나 소크라테스는 쉽사리 그로 하여금 "네, 그렇습니다"라고 대답하게 할 수 있다. 왜냐하면 제우스는 여신 헤라와 정당한 결혼을 했으니까.

"당신은 간음이 선한 일이라고 생각하시오?"
소크라테스가 다시 묻는다. 이때에 그 시민은 어쩔 줄 몰라 딱한 처지에 빠지고 만다. 그리하여 소크라테스의 다음과 같은 결론에서 벗어날 길이 없게 된다.

"만일 제우스가 간음을 했다면 그는 선하지 않으며 따라서 신이 아니다. 혹은 만일 제우스가 신이라면, 그리하여 선하다면 간음을 하지는 않는다."
그가 주장한 것은 낡은 전통, 타성에 젖은 풍습은 지식이 아니라 무지라는 것을 일깨워 주려 한 것이다.

우리는 소크라테스에서 비롯된 '소크라테스의 아이러니', '소크라테스의 변증법'이니 하는 말을 잘 알고 있다.
'소크라테스의 아이러니'란 문학에서 잘 쓰는 용어인데 '제가 뭘 압니까?'라는 방법적 저자세를 취하여 뽐내는 사람들에게 그들이 알고 있는 것이 실은 아무것도 아님을 깨닫게 하는 수법이다. 즉, 시치미를 뚝 떼고 표면에 나타난 의미를 통해 보다 강력한 비판의식을 나타내는 것이다.

소크라테스의 변증법이란 말도 흔히 체계적으로 합리적이고 논리적인 것을 말할 때 사용한다. 신화(Myth)를 정의할 때 보통 로고스(Logos)의 반대말, 체계적으로 철학적인 것에 대하여 비합리적인 것, 또는 소크라테스의 변증법에 대하여 아이스킬러스(그리스 3대 비극작가 중 가장 깊이가 있고 무게 있는 작가)의 비극이라고 말한다. 이런 아이러니니 변증법이니 하는 방법을 통해 소크라테스는 일반 시민의 무지를 깨우쳐 주려 했던 것이다.

로마에 가면 바티칸 궁전 벽에 라파엘이 그린 〈아테네 학당〉이란 그림이 있다. 제일 중심에 플라톤과 아리스토텔레스가 각기 하늘(이데아 중심사상)과 땅(현실 중심사상)을 가리키고 있고, 왼쪽 몇 사람 건너뛰어 소크라테스가 그의 제자 크세노폰 등과 열심히 대화하고 있는 옆모습이 보인다.

아테네에는 소크라테스보다 더 현명한 사람은 없다고 아테네의 수호신인 아폴론이 말했다던가.

우리의 무지, 우리의 잘못된 생각, 잘못 쓴 안경을 목숨을 내걸고 바로잡아 줄 이 시대의 현자는 어디에 있는가?

해돋이, 그 장엄한 서사시의
참다운 창작은

새해 첫날, 해돋이 구경을 백 일 겨우 지난 손자까지 데리고 딸 내외와 다녀왔다는 친한 이의 말을 듣고 왜 여태껏 새해 첫날의 해돋이를 볼 생각을 못 했을까 하는 생각을 하면서 일면 꽤나 극성스러운 나들이였군 했다.

아침나절 햇빛이 눈부신 마루 한구석에 걸려 있는 노트 한 장 크기만 한 모네의 〈인상, 해돋이〉란 그림을 보면서 조선조 순조 때, 의유당 연안 김씨의 「동명일기」를 떠올린 것은 그녀의 해돋이 구경이야말로 참으로 극성스러운 행차였기 때문이 아니었을까.

우리의 상식으로는, 그 당시에는 남편이 변방으로 벼슬살이를 나가면 부인은 서울의 본집을 지키고 있어야 하는데, 어떤 이유에서였는지 의유당 김씨는 남편 이희찬이 함경도 함흥 판관으로 부임해 갈 때 따라갔다.

그뿐 아니다. 지방에서 일출로 유명한 귀경대에 올라 해 돋이를 보았고, 더 나아가 관북의 유명한 곳을 두루 다녀 서 『의유당관북유람일기』란 순 한글의 글까지 써서 오늘 에 남겼다. 「동명일기」는 그 관북유람 일기 중 하나다.

그런데 그냥 몇 사람 아기까지 데려갔다 해서 극성스러 운 나들이가 아니다. 「동명일기」를 보면 온 관청이 밤새 불 을 켜 놓고 관속들은 잠을 못 자고 의유당 김씨도 행여나 시각을 놓칠세라, 날씨가 궂으면 어쩌나 노심초사하면서 잠을 이루지 못했다. 행차할 때의 모습은 아이들과 부인 은 가마를 타고(남편은 말을 탔는지?) 기생들과 비복들을 거 느리고 가는 어마어마한(?) 행차였다. 가마 안의 아이들과 부인이 추위 때문에 병이 나면 어쩌나 하는 남편의 염려에 일을 저지른(?) 의유당의 송구스러워하는 심리도 잘 묘사 되어 있다.

솔직히 말해서 일출 광경의 묘사보다도 그 시대 어떤 대 단한 여인이었기에 그런 행차를 거느리고 일출을 볼 수 있 었겠나 하는 사실에 더 관심이 있었고, 그것만이 아니라 관북을 두루 유람할 때 행차 또한 굉장했다는 기록을 읽은 기억도 있어 여인들이 다 죽어 지낸 세월만은 아니었구나 하는 생각을 했다.

위대했던 여름, 릴케,
가을날

191

물론 남편의 도움 없이는 불가능했겠지만 의유당의, 바라는 바를 이루려는 끈기가 놀라웠다. 일출의 광경 또한 뛰어난 사실적 묘사로 정평이 나 있어 고등학교 교과서에 수록될 정도다.

의유당이 온갖 말을 동원해서 묘사한 「해돋이」가 한 장의 그림으로 내 앞에 있다. 비록 사진으로 찍은 판넬로 된 그림이지만, 늘 볼 수 있었으면 하는 마음에서 1979년 뉴욕의 메트로폴리탄 박물관에서 그것 하나만 몇 달러에 산 것이다.

유럽에서는 19세기 말에 이르러 예술 전반에 걸친 심각한 변화가 나타났는데, 회화에 있어서는 인상주의 운동, 시에 있어서는 상징주의 운동이 일어났고, 비록 직접적 원인은 아니었다 해도 그 여파로 소설에서도 자연주의의 쇠퇴를 가져오게 되었다.

원래 회화에 있어서의 인상주의 운동이란 한 신문 기자가 이들의 그림이 전시된 전람회에 대한 비평을 쓰면서 "자기의 시각적 인상을 뚜렷이 표현하기 위해 회화의 전통적인 표현 수단을 버린 예술가들에 대한 경멸의 마음"을 강조하기 위해 인상주의자들의 전람회란 타이틀을 붙인 것이다. 그리고 또 이 그림 〈인상, 해돋이〉도 전람회의 카

탈로그를 작성하는 사람이 모네의 그림들에서 그 제명이 너무 단조롭다고 투덜거리자 '인상이라고 하게'라고 대답한 데서 〈인상, 해돋이〉로 명명되었던 것이다.

이 그림은 인상주의가 낳은 걸작이라고 자랑할 만한 것은 되지 못한다. 하지만 그 제명이 그 유파들의 명칭이 되었고, 내게는 언제나 보아도 감동을 주는 근원 그 자체이다. 빠리에 가서 인상파 미술관에 가면 그 그림을 직접 볼 수 있겠지 하는 막연한 생각에서 미리 좀 들여다보지도 않고 바쁜 시간 중의 많은 시간을 할애해 그곳을 찾았지만 거기에는 〈인상, 해돋이〉가 없었다. 다시 찾아 나설 여력도 시간도 없어 안내인이 친절하게 가르쳐 주었음에도 불구하고 포기해 버리고 만 것이 못내 아쉽다.

새해의 어느 한 아침, 모네의 〈인상, 해돋이〉에서 의유당의 「동명일기」로의 연상은 참다운 일출의 창작과 그것을 매일 아침마다 연출하는 분이 내 하나님 그분이시란 것을 새삼 깨닫게 한다. 우리는 다만 그 장엄한 서사시를 보면서 글을 쓰고 그림을 그리지만 형식주의 비평가들이 말하는 소위 감정적 오류에나 빠져 있는 것이나 아닌가 하며 옷깃을 여민다.(1995)

아에네이스,
그 위대한 인간정신의 산물

내 노래하리 전쟁과 영웅을

그 영웅은 운명에 쫓기며

처음에는 트로이 해안으로부터

이탈리아의 저 라비니움 기슭으로 쫓겨온 터

하늘의 신들에 의해 무수한 고난과 풍파를 물과 바다에

서 겪었도다

잔인한 유노(헤라) 여신의 식을 줄 모르는 분노

또 천신만고의 전쟁을 참아내고서야 비로소 한 도시를

세우고

고국의 신들을 라티움으로 인도한다

여기에서 라틴 민족이, 여기에서 알바 영웅들이 태어나

고 또 거대한 로마 성벽이 일어선다.

로마의 건국 서사시인 베르길리우스의 「아에네이스」
는 이렇게 시작된다. 우리나라 조선 왕조 건국을 찬양하는
「용비어천가」와도 성격을 같이하는 이 「아에네이스」란 시
는 트로이의 장군 아에네이스에 의해 로마가 어떻게 건국
되었는가를 상세히 기록하고 있다.

언제 어디서 베르길리우스의 이름을 접했는지는 기억에
없지만 여고시절에 이미 그 이름을 알고 있었다. 그의 어
떤 시가 좋아서 그의 이름을 알게 된 것이 아니고 다만 그
이름 자체에 매혹되어 있었던 것 같다. 여고시절 친구와
나는 프랑스 소설가 마르땡 뒤 가르의 대표적 걸작인 대하
소설『티보가의 사람들』중 제1부「회색 노우트」를 읽고
거기에 등장하는 자크와 다니엘의 우정을 흉내내 우리도
회색 노우트를 주고 받으며 건방지게도(?) 인생과 문학을
논했다. 그때 친구는 나를 베르질리우스(발음의 차이가 있었
음)란 이름으로 불러 주었던 것이다. 그 후 그가 호메로스,
단테와 더불어 세계 3대 시인에 포함되며, 「아에네이스」란
위대한 서사시를 썼다는 것을 알게 되었고,『신곡』에서 단
테에게 지옥과 연옥을 보여 주는 안내역을 맡았다는 것도
알게 되었다.

인생의 중반기에서
올바른 길을 벗어난 내가
눈을 떴을 때는 컴컴한 숲속에 있었다.
내가 골짜기로 도망치는 도중
눈앞에 사람 하나가 나타났다
…그럼 당신이 저 베르길리우스
벅찬 강물처럼 말의 원천이 되셨던 분이십니까
오오 시인의 명예이고 빛이신 당신…
당신은 나의 스승입니다
나의 시인입니다
내가 자랑으로 삼는 아름다운 문체는 오로지 당신에게
서 배운 것입니다.(단테의 『신곡』 중에서)

　　T. S. 엘리어트에 이르러서는 베르길리우스가 유럽의 고
전을 낳은 작가로 인식되기에 이른다.

우리는 이 은혜(베르길리우스가 유럽 문학에 끼친 영향)를
단테의 순례를 인도한 저 위대한 버질(베르길리우스)의
영에 대한 경건을 매년 지켜 나감으로써 잊지 않게 될
것이다.

「아에네이스」는 트로이가 그리스 연합군에 의해 철저히 파괴된 후 이 글 서두에 인용한 것처럼 온갖 고난을 겪은 끝에 이탈리아에 닿아 로마를 건설하기에 이른다는 이야기이다.

> 극적인 클라이막스와 격렬하고 장엄하며 또 눈물겹도록 감격적인 인간미가 넘쳐흐르는 위대한 인간정신의 산물이다. 사건 전개, 심리 처리 등에 있어서도 문학의 선구와 본보기가 되었고 흥미를 자극시키는 극적인 수법을 도처에 활용했다. 원형적이고도 근원적인 '호메로스' 서사시를 취사선택 최대한 이용하여 인간의 예술의 극치를 이루었고 그래서 인류 최초의 독창적인 예술적 서사시를 강조하였다.

그리스는 트로이를 정복하였고 트로이인에 의해 건설된 로마는 그리스를 정복하였다.

로마 시내를 관광할 때 안내자로부터 들은 재미있는 말이 생각난다. 무솔리니가 로마 시민을 모아놓고 사자후하던 한 건물 베란다를 가리키면서 한 얘기다.

"친애하는 로마 시민 여러분 오늘날 우리는 옛 로마의 영광을 재현하려고 합니다. 우리는 다시금 세계를 지배하는 국가가 되어야 합니다." 로마 시민들은 소리 질러 환호하며 화답했다.

"씨""씨"(예스란 뜻). "자, 그러면 누가 나와 함께 싸우겠습니까?" 그렇게 환호하며 소리치던 로마 시민들은 그 말에는 잠잠했다 한다. 베르길리우스가 이 장면을 보았다면 어떤 반응을 보였을까?

트로이의 멸망은 내겐 호메로스의 「일리어드」에 나오는 전설적인 얘기쯤으로 인식되어 왔었다. 그러나 보들레르의 「백조」란 시가 멸망 당하는 트로이의 참상을 살아 있는 것으로 내 앞에 재현시켜 주었던 것이다. 발굴된 트로이의 폐허, 그곳에 가 보지는 못했지만 내 마음은 이미 그곳에 가 있다. 신들의 전쟁, 영웅들의 승리와 패망과 죽음과 고뇌와 사랑을…. 인간정신의 위대함을 탄생시킨 곳. 「일리어드」와 「오딧세이」 그리고 「아에네이스」의 근원이 되었던 곳…. 머리를 풀고 위대한 남편 헥토르의 주검을 슬퍼하던 앙드르마끄의 영상을 떠올리며 인간의 흥망성쇠를 쓰디쓰게 웃어 본다.(1997)

이니스프리
그 이루지 못한 꿈

'리가아'
그 진정한 사랑의 승리자

폴란드가 낳은 세계적인 인물을 고른다면, 음악에서는 피아노의 시인이라 불리는 쇼팽이요 자연 과학에서는 마담 퀴리, 문학에서는 단연코 생케비치일 것이다.

「쿠오바디스」는 생케비치로 하여금 세계적인 명성을 얻게 한 역사소설로 1905년에 노벨문학상을 탄 작품이기도 하다. 이 소설을 쓴 목적은 제정 러시아의 압정 밑에 있는 그의 조국 폴란드의 해방을 로마의 폭군 네로의 박해를 이겨낸 그리스도교의 승리로 예언하려는 데 있다.

이 책을 읽게 된 것도 아버지의 영향이었지만 비니키우스와 리기아가 만나는 꿈같은 장면의 묘사는 나로 하여금 그 책을 다 읽을 때까지 먹을 수도, 잘 수도 없게 만들었던 기억이 있다.

비니키우스가 그의 외숙인 로마의 실력자 중 하나인 페

트로니우스에게 리기아를 처음 보았을 때의 감격을 이야
기하는 장면이다.

　…그런데 어느 날 새벽, 그녀가 숲속의 샘터에서 목욕
　을 하고 있는 것을 보았습니다. 아프로디테가 태어났다
　는 물방울에 맹세코, 여명의 햇살이 그녀의 육체를 꿰
　뚫어 비추고 있었다는 것을 말씀드립니다…

　이 대사는 간단했지만 내 상상력에 불을 붙이기에는 조
금도 모자라지 않았다. 비록 비니키우스가 처음엔 음탕한
마음을 품고 연애를 했다지만 그런 것을 알 리 없는 나이
에 읽었던 터라, 그 만남은 세상의 어떤 만남보다 환상적
이라고 생각되었다. 안개가 신비스런 베일처럼 둘러쳐진
새벽 어스름 속에서 여명의 햇살이 그녀의 벗은 몸을 드러
나게 했을 때, 그것은 마치 아프로디테의 탄생의 순간과도
같았으리라.
　비니키우스는 그의 외숙을 설득해서 로마의 인질로 와
있는 리기아를 자기 손에 넣기 위해 계속해서 고백한다.

　두 번째로 리기아를 본 것은 정원의 연못가였습니다…

제 무릎을 보십시오. 이 무릎은 파르티아 군이 함성을 지르면서 우리 진영으로 구름처럼 몰려왔을 때에도 꿈쩍도 않던 무릎입니다. 그런데 그 연못가에서는 떨렸단 말씀입니다.

이 두 사람의 만남과 사랑에 빠진 비니키우스의 고백은, 내가 꿈꾸고 있던 사랑의 최고의 경지였다.

데보라 카와 로버트 테일러가 나오는 〈쿠오바디스〉가 영화로 우리나라에 처음 들어왔을 때 가슴이 설레었던 것은 당연한 일이었다. 그러나 오~ 맙소사. 그 만남은 너무나도 미국적이었다. 꿈도, 환상도, 아프로디테의 탄생도 안녕이었다.

로마에서 카다콤을 향해 가던 길이었다. 한적하고 좁은 시골길, 가로수가 하늘을 향해 일렬로 서 있는 포장 되지 않은 길이었다. 조그만 교회가 서 있는 것을 지나면서 안내자는 바로 이곳이 베드로가 "쿠오바디스 도미네(주여 어디로 가시니이까?)"라고 말했던 곳이라고 가르쳐 주었다. 그 위대한 역사의 장소에 한순간의 멈춤도 없이 그냥 지나치는 버스 안에서 나는 그 언젠가 읽었던 그 사건의 전모를 머리에 떠올렸다.

네로의 박해가 심해지자 베드로는 후일을 위해 도피해
야 한다는 강권에 못 이겨 동자 하나를 데리고 로마를 빠
져나와 시골길을 걸어가고 있었다. 갑자기 베드로는 걸음
을 멈춘다. "누가 햇빛 속에 걸어 온다." 하면서 늙은 눈으
로 자세히 보려는 듯 한 손을 이마에 대고 한 곳을 응시하
다가 순간 그 얼굴이 온통 반가움과 기쁨으로 변한다. "오
오 주여 어디로 가시나이까." 고목이 쓰러지듯 땅에 엎드
리며 베드로는 어쩔 줄 몰라 한다. 오직 주를 위해 바친 인
생이었다. 자신의 주님을 만났으니…. 더군다나 핍박을 피
해 가는 길이었다. 그러나 그의 주님은 냉정했다. "로마로."
그 한마디가 베드로가 들은 유일한 주님의 음성이었다. 분
연히 일어난 베드로는 로마를 향해 발길을 돌린다. 붙잡
는, 그리고 아무것도 보지도 듣지도 못한 동자의 궁금증도
풀어주지 않은 채…. 그는 로마에 가서 십자가에 못 박힌
다. 그의 주님과 같이 감히 바로 달릴 수 없어 거꾸로 매달
린다. 그 여세로 기독교는 결국 세계의 중심이었던 로마를
정복하고 승리했다. 그리고 베드로가 달렸던 자리에는 베
드로 성당이 세워졌다.

리기아는 죽음을 이기는 믿음으로 비니키우스의 사랑을
진정한 사랑으로 변화시킨 사랑의 승리자였다. 베드로는

순교로써 로마의 진정한 정복자가 되었다.

생케비치가 꿈꾸던 그의 조국 폴란드의 해방도, 3·1운동이 지향했던 우리의 광복도 가혹한 박해를 이겨낸 고귀한 승리였다.

여름밤의 향연

해마다 여름이면 뉴욕 메트로폴리탄 오페라는 시민을 위한 야외 오페라를 연다. 지역이 넓어 맨하탄 블루클린 등 차례로 무대를 옮겨가며 무료로 그 지역 공원에서 오페라를 공연하는 것이다. 여름엔 정기적 음악 연주 활동은 모두 다 방학에 들어가고 특별 연주회 같은 것은 간혹 열리지만 오페라는 전혀 활동하지 않기 때문에 거의 1백 불이나 하는 오페라를 즐길 수 없었던 시민들을 위해 오페라가 쉬는 동안에 서비스를 하는 것이다. 그동안 야외 오페라는 여러 번 가 볼 기회가 있었지만 어쩐지 가지질 않았고, 작년 7월 아일랜드의 이니스프리를 다녀 뉴욕에 막 돌아왔을 때 푸치니의 〈투란도트〉를 센트럴 파크에서 공연한다는 소식에 접했던 것이다.

야외 오페라는 어떻게 하는지, 그곳에 모이는 사람은 어떤 사람들인지 그들의 태도와 관습은 어떤 것인지 오래전부터 궁금해 온 터였다.

우리는 공연 두 시간 전에 습기 방지용 깔개와 오페라 글라스와 김밥 등의 저녁을 싸 들고 센트럴 파크에 도착했다. 나의 가장 큰 궁금증은 오페라 가수들이 무대에서 직접 연기를 하는가였는데 무대 아래 있어야 할 오케스트라가 무대 위에 올라가 있는 것을 보고 약간은 실망하였다. 무대를 향한 중간 부분은 일반 관람객의 몫이었고 입구 쪽인 왼쪽은 일반석과 구별하여 줄이 쳐져 있었는데 거기에는 약 1백 개가량의 간이 의자가 놓여 있었다. 우리는 그 경계선 가까운 쪽에 자리를 잡고 한여름 공원 위를 불어오는 향긋한 바람에 몸을 내맡겼다. 모인 사람들은 대부분 백인이었고 나의 시야에 들어오는 사람들 중 흑인은 단 두 사람, 동양인들도 제법 있었는데 대부분이 일본 사람들이었고 여자들끼리가 더 많았다.

모포를 깔고 벌렁 누워 있는 버르장머리 없는(?) 젊은 백인 여자가 연인과 한창 사랑을 주고받고 있는가 하면, 준비해 온 얌전하게 차려진 과일과 술과 안주의 저녁을 드는 사람들도 있었고, 비스듬히 누워 책을 읽는 사람들도 있었다.

〈투란도트〉는 푸치니가 미완성으로 남기고 간 작품이다. 작곡 도중 목의 질환이 악화되어 세상을 떠났지만 그가 남긴 피날레의 스케치를 가지고 그의 제자인 알파노가 작품을 완성시켰다. 이 작품을 초연하는 날 지휘자 토스카니니는 제3막에서 '류'가 사랑하는 사람을 지키기 위해 단도로 자살하고 사람들이 류의 죽음을 애도하는 장면이 한창 진행되고 있을 때 조용히 지휘봉을 놓고 "선생이 쓰신 것은 여기까지입니다."라 했다. 그날 밤 연주는 거기서 미완성으로 끝났던 것이다. 전곡이 상연된 것은 2회 때부터이다.

중국의 공주 투란도트와 멸망한 달란의 왕자 키라프가 주인공이다. 이 오페라에서 요즘 들어 주목을 받는 아리아는 〈공주는 잠 못 이루고〉(넷슨 도르마)이다. 로마에서 열리는 월드컵 축하 음악회에서 파발로티가 불러 유명하게 된 이 아리아는 수수께끼를 못 풀어 잠 못 이루는 공주의 모습에서 월드컵 때문에 잠 못 이루는 이탈리아 사람들을 연상하기도 한다고 말들 하고 있다. 그 후 런던 하이드 파크에서 불러 더 유명하게 된 이 아리아는 아리아치고는 짧지만 그 극적인 효과를 유감없이 발하는 데서 더 큰 감동을 준다.

〈투란도트〉를 시작하기 전에 메트로폴리탄 단장, 뉴욕 시장 등 많은 뉴욕의 귀빈들이 나와 짧고 간단하게 인사말을 했다. 어차피 다 알아들을 수도 없는 남의 말이라 별 주의를 기울이지 않았는데 줄리아니 뉴욕 시장의 한 마디가 내 귀에 쏙 들어왔다.

"넷슨 도르마 하기 전에 돌아오겠습니다."

사람들은 와 웃었고 줄리아니는 자기도 〈투란도트〉에서 유명한 아리아쯤은 안다는 뜻에서 그 말을 했을 것이다. 관중들은 또 시장이 오페라에 그만큼 지식이 있다는 데에 더 친근감을 느꼈는지도 모른다는 생각을 했다.

제3막 시작하면서 넷슨 도르마의 주제음이 합창으로 흘러나오자 그동안 벌렁 누워 있던 사람, 엎드려 있던 사람들이 일제히 일어나 앉는 것이었다. 왕자 역을 맡은 테너가 부를 그 아리아를 잘 듣기 위해서였을 것이다.

너무 짧아 아쉬운 그 아리아가 열창으로 끝나자 사람들은 박수를 치며 열광했고 긴 시간 기다린 끝에 들은 그 아리아가 끝났음에 더 안타까워하는 것 같았다. 파바로티가 불렀으면 어떠했을까를 상상해 보았다. 푸치니 최후의 걸작 아리아라 할 수 있을는지….

그러나 줄리아니 시장은 그때까지 돌아오지 않았
다.(1997)

이니스프리
그 이루지 못한 꿈

루돌프 제르킨,
그 지적으로 정제된 연주

안익태 선생이 한국에 와서 환영을 받고 국제음악제란 것을 몇 년간 연 적이 있었다. 그분을 직접 얼굴 대하여 담소한 적은 없었지만 전교생이 모인 강당에서 합창단원의 한 사람으로 무대 위에서 가깝게 볼 기회는 있었다.

요한 스트라우스의 〈아름답고 푸른 도나우강〉을 불렀던 우리는 대학 졸업한 지 얼마 안 되는 음악 선생님이 그 거장 앞에서 너무 떨어 우리와의 약속을 잊고 악보대로 반주를 하는 바람에 망신을 당하기도 했지만 우리 한국인의 음색이 곱다고 칭찬 들은 기억은 있다.

그때에는 별 관심이 없어서 박은혜 교장선생님이 얼마나 음악을 좋아했는지 몰랐다.

안익태 선생님을 초청했던 것도 그렇고 해마다 열리는 교내 피아노 성악 콩쿨 예선, 본선에 전교생이 수업을 빼먹고 강당에 모여 청중이 되어 주어야 했던 것도 그렇다. 고등학교 콩쿨이었지만 그 당시엔 꽤 수준이 높은 편이었다. 피아노곡은 주로 베토벤, 모차르트, 쇼팽의 소나타, 야상곡, 폴로네이즈 등이었고 거듭해서 같은 곡을 여러 번 듣다 보니 피아노곡의 매력을 어느 정도 터득했던 것 같다.

음반가게가 길가에서 사라질 때까지 길을 가다가 그 가게나 라디오에서 아름다운 피아노 소리가 흘러나오면 발을 멈추고 한참 서 있기도 하였다. 그리고 어느 기악곡보다 피아노곡을 더 좋아하게 된 것도 고등학교 때의 그 경험 때문이 아닌가 생각한다.

대학에 가서도 세계적으로 유명한 연주가의 연주를 들을 기회는 없었고 오디오도 일반화되지 않았던 때여서 고작 명곡 감상할 수 있는 곳이 우리 시대 유명했던 르네상스 음악 감상실이었다. 나중엔 그곳도 순수한 음악 감상실이 아닌 대학생들의 사교장으로 변해 버렸지만 우리 또래가 처음 드나들 때는 음악하는 사람이 자기가 연주할 곡을 대가의 음반으로 듣던 모습도 제법 보였었다.

안익태 선생이 주동이 되어 열었던 국제음악제엔 세계적인 대가들이 대거 참여했었는데 그때 루돌프 제르킨의 피아노 독주회가 있었다. 우리나라 음악사전에 그가 1960

년도에 와서 공연했고 그때 바이올린을 하던 김영욱의 재능을 발견, 미국에서 공부할 수 있는 길을 마련해 주었다고 기록되어 있는데 내 기억으로는 1961년이나 1962년이 아니었던가 한다.

새로 맞춘 핑크색 투피스를 입고 동생을 대동하고 그 음악회에 갔다. 그때의 레파토리 중 기억나는 것은 베토벤의 〈월광〉, 〈열정〉, 〈비창〉 등의 소나타였는데 그때까지 나는 피아노를 손가락으로만 치는 즐 알고 있었다. 그러나 발끝에서부터 머리털까지 온몸으로 피아노를 치고 있는 그의 연주는 내 우매함을 깨우쳐 주었을 뿐 아니라 숨이 막힐 것 같은 감동으로 몰아넣어 주었다.

루돌프 제르킨. 오스트리아 출신. 유태계.
제르킨의 연주는 지적으로 정제되어 있다. 그는 모차르트, 베토벤, 독일 낭만파 음악의 해석에서는 제1인자로 꼽히고 있는데 그 순수한 음악미를 존중한 연주양식은 어떤 곡을 연주하더라도 그 작품의 모습을 구김 없이 재현한다. 따라서 그의 레파토리는 바하에서 바르토크에 이르고 있다.

그때 제일 감동받았던 곡이 〈월광〉과 〈열정〉이었다. 그 중 〈월광〉은 많이 들었던 곡이었지만 시인 레르슈타프가 그 곡 제 1악장을 듣고 달빛이 비친 스위스 뤼쩨른 호의 파도에 흔들리는 작은 배와 같다고 말해 〈월광〉이란 표제가 붙게 되었다는 일설을 상기시켜 주었다.

휴식시간에 동생을 시켜 사인을 받아 오라 했는데 아무도 접근 못하게 막는 경비원을 뚫고 용하게도 사인을 받아 왔다. 단 2명이 성공했다고 했는데 제르킨은 손을, 손가락을 위로 하여 들고 왔다 갔다 하고 있었다 했다.

그 후 20년이 지난 뒤 스위스의 뤼쩨른에 가 볼 수 있는 기회를 얻었다. 음력으로 며칠인지도 모르면서 나는 뤼쩨른 호수 위의 달빛을 상상하고 있었다. 날은 맑고 햇빛은 눈부셨다. 호수 깊숙이 들어간 다리 난간에 기대어 그 밑바닥 조약돌까지 보이는 호수 위 한가로이 떠 있는 물새들을 보며 너희들은 참 행복하구나 하며 시간을 잊었다.

낮에는 구름 한 점 없이 맑았었는데 어두워지자 눈이 오기 시작했다. 호수 위의 달빛을 보려던 내 기대는 그렇게 허망하게 무너져 버렸다.

이제 12월이면 많은 음악회가 열릴 것이다. 나이 들어 감동이 없어져서일까. 아니면 귀만 한껏 높아진 탓일까.

이니스프리
그 이루지 못한 꿈

감동이 없는 삶은 죽음보다 못하다고 영국 낭만파 시인 워어즈 워어드는 그의 「무지개」란 시에서 말하지 아니하였던가.

작은 체구였지만 그랜드 피아노를 압도하고 청중을 압도하고 베토벤의 곡까지도 압도했던 루돌프 제르킨의 그 연주는 내 마음속에 아직도 살아 있다.

내가 살아 있음을, 아직 죽음에 이르지 않았음을 보여줄 또 한 번의 감동을 꿈꾸며 기다리고 있다.

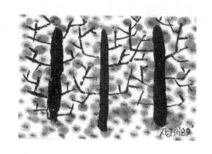

아직도 무용은
거기에

가을의 어느 날 밤 옷을 떨쳐입고 수준 높은 발레를 보러 집을 나선다는 것은 분명 행복한 일이다. 매일매일의 일상적 생활의 권태감에서 벗어난다는 것은 일종의 해방감이랄 수도 있겠다. 일상의 권태감이란 말이 나오면 떠오르는 시구가 있다.

나는 커피스푼으로 나의 삶을 되질해 나누었네.

서양 사람들은 아침에 일어나면 커피스푼으로 커피를 되어서 커피포트에 넣고 커피를 끓이는 것으로 하루를 시작하기 때문에, 그리고 그러한 일이 날마다 반복되기 때문에 우리는 그 시구에서 일상의 권태감을 가슴이 시리도록 느낄 수가 있는 것이다. 우리네 여인들 같으면 "나는 쌀홉

이니스프리
그 이루지 못한 꿈

으로 나의 삶을 되짚해 나누었네"로 바꿔 말할 수도 있겠다는 생각도 가끔 하곤 한다. 특히 아침에 눈 비비며 살을 씻을 땐…. 가을이란 단어가 말을 곁길로 나가게는 했지만 어떤 기대감에 잔뜩 부푼 것은 사실이었다.

발레라면 외국에서는 워싱턴 D.C에 공연하러 온 독일 슈트트가르트의 〈로미오와 줄리엣〉을 케네디 센터에서, 그리고 런던의 코벤트 가든에서 로얄 발레단의 〈잠자는 숲속의 미녀〉를 본 적이 있다. 텔레비전을 통해서는 마고트 폰테인이 주연한 스트라빈스키의 〈불새〉를 비롯해서 세계 정상급의 발레는 거의 다 본 셈이지만, 그러나 러시아의 발레는 직접 보지 못했기 때문에 이번에 성 페테르부르크 발레단의 〈차이코프스키〉를 보기로 한 것이었다. 슈트트가르트의 〈로미오와 줄리엣〉은 그 줄리엣 춤 하나만으로도 완벽한 아름다움을 구사해 주어서 발레가 추구하는 아름다움이 무엇인지를 알게 해 주는 것 같았는데, 로얄 발레단의 〈잠자는 숲속의 미녀〉는 너무나 드라마적이어서 조금은 실망했던 기억이 난다. 왜 발레가 드라마가 되고 싶어 할까 하는 의아심을 가지면서, 영국이란 나라가 워낙 연극을 좋아하기 때문이리라 혼자 판단하였다.

이 〈차이코프스키〉란 작품은 차이코프스키의 일생과 그

의 내면을 발레로 꾸민 것인데, 성 페테르부르크 발레단의
예술감독인 보리스 에이프만의 작품이다. 그의 안무의 특
징은 무용 언어의 풍부함에 있다고 한다. 아름답고 드라마
틱한 장면의 창조자로서도 정평이 나 있다 한다.

　과연 그의 작품은 몸으로 하는 언어요 몸으로 하는 연극
이었다. 차라리 모호한 언어로 환상적 무대였으면 할 정도
로 그 내면 묘사가, 그 일생의 이야기가 너무나 사실적이
었다. 우리 여류소설가 중 한 사람은 묘사를 함에 있어 너
무나 완벽하고 빈틈이 없이 독자의 상상력까지 온통 자기
가 다 말해 버려서 진저리를 치게 하는데, 에이프만의 발
레가 바로 그랬다. 나는 발레에 대해선 문외한이지만 발레
가 언어가 되어서는 안 된다는, 그래서 발레는 그가 추구
하는 독자적 영역이 있어야 한다고 생각하는 사람이다.

　여기에 프랑스 시인 포올 발레리의 말을 인용해 본다.
그는 무용을 말하기 위해서 이 말을 한 것은 아니지만 무
용이 무엇인지는 추출해 낼 수 있다.

　　보행은 산문과 같이 언제나 명확한 하나의 상을 갖는
　　다. 그것은 어떤 대상의 방향으로 향한 하나의 행위이
　　다. 우리의 목적은 그 대상에 도달하는 데 있다. 무용은

전혀 별개의 것이다. 그것도 하나의 행위의 체계임에는 틀림없으나 그러한 행위 그 자체 속에 자기가 있는 것이다. 무용은 어디로 가는 것이 아니다. 만약 무엇인가를 추구한다 하여도 그 추구는 하나의 관념적 대상이나 하나의 상태, 하나의 쾌락, 한 송이 꽃의 환상 또는 천계 생명의 극점, 존재의 한 정상, 하나의 최고점 등등에 지나지 않는다.

생떽쥐베리의 『어린 왕자』가 더 좋은 내게 차이코프스키 발레는 사실적 소설이나 내면 묘사가 탁월한 소설처럼 지치게 하고 식상하게 해 주었을 뿐 일상의 권태감에서 벗어나게 해 주진 못하였다.

돌아오는 길에 중얼거린 나의 독백은 '아직도 무용은 거기에 머물러 있는 것을…'이었다.(1994)

짜라스트로가
승리하는 삶으로

밤이 늦은 시각, 오늘과 작별하고 또 다른 오늘과 만날 시간도 몇 분 남지 않았다. 밖은 영하의 날씨로 몹시 추울 것이고, 이 밤과 홀로 짝하고 있는 방 안에는 성냥팔이 소녀가 떨며 들여다봄 직도 한 따뜻한 평화로움이 가득 차 있다.

대학 다닐 때였다. 잠 안 오는 밤 극동방송에서였던가 클래식 음악을 자정부터 방송한 적이 있었다. 매일 모차르트의 〈마술피리〉를 반복해서 해설과 함께 들려주었는데 언제나 처음엔 잘 듣다가 짜라스트로의 아리아가 나올 때쯤이면 비몽사몽 간이 되어 끝까지 잘 듣지 못했었다.

1993년 12월의 어느 날 뉴욕에 있던 우리들을 그곳에 사는, 아직도 성악가로 대성하기를 꿈꾸는 60이 훨씬 넘은 고모가 크리스마스 선물로 메트로폴리탄에서 공연하

이니스프리
그 이루지 못한 꿈

는 〈마술피리〉에 초대해 주었다.

메트로폴리탄 오페라 하우스에는 고모와 나 사이에 사연이 있었다.

1990년 2월 잠깐 뉴욕에 들른 적이 있었다. 그때 조수미는 메트로폴리탄에서 〈리골렛토〉의 질다 역으로 뉴욕 사람들을 황홀케 하고 있었고, 파발로티도 다른 오페라에 출연하고 있었다. 사정이 있어 표를 팔고자 하는 사람이 더러 있다는 행운을 바라면서 우리들은 정장을 하고 몇 블록 되지 않는 거리를 택시를 타고 갔다. 그러나 우리처럼 행운을 바란 사람들이 표를 가진 사람보다 더 많은 것 같았고, 거대한 유리벽 안 나선형의 계단을 선남선녀들이 의기양양하게 올라가는 것을 보고 실망하고 초라해져서 돌아온 기억이 있다.

낮 공연이라서 비록 화려한 배역은 아니었지만 그 부럽던 나선형의 계단을 올라갈 때의 기분이란! 막이 오르기전, 내려와 있던 호화찬란한 샹들리에가 일제히 천장으로 올라가자 청중들은 탄성을 발했다. 타미노 왕자가 밤의 여왕의 딸인 파미나의 초상을 보고 부르는 아리아가 끝나고 밤의 여왕의, 콜로라투라의 난곡 중의 난곡이라는 아리아가 시작되었다. 모두들 숨을 죽이고 기다리고 있었다. 짜라스트로에게 잡혀간 딸을 구해 달라고 타미노 왕자에게 말하는 대목이다. 악기 같은 소리로 깃털처럼 가볍게 높은 음까지 단숨에 올라가야 하는 부분에서 그 최고음이 이상한 소리를 내고 말았다. 그 부분을 어떻게 불러 내는가를 사람들은 기다리고 있었던 것이다. 나는 그때 두 번 놀랐는데 어떻게 이런 무대에서 실수가 있을 수 있느냐 하는 것이었고 또 하나는 청중의 실망하는 소리가 누구의 귀에도 들릴 만큼 터져 나왔다는 사실이었다. 그러나 깨달은 것이 있었다. 청중들이 거의 다 오페라에 정통하고 있다는 것, 민감한 반응을 보인다는 것, 그리고 그것이 얼마나 부르기 힘든 아리아인가를.

〈아마테우스〉란 영화에서 모차르트가 밤의 여왕의 아리아를 작곡할 때 그가 연상하는 것은 심하게 딱딱거리며 잔소리하는 장모의 입과 얼굴이었다. 그 입과 얼굴이 클로즈업되면서 악기소리 같은 부르기 힘든, 그러나 말할 수 없이 아름다운 노래가 만들어졌던 것이다. 그러나 그것만이 아니다. 짜라스트로의 아리아도 들을 때마다 감탄하는 것은 남성의 저음을 어떻게 저렇게 매력적으로 나타낼 수 있는 곡을 만들어 낼 수 있었느냐 하는 것이다. 그의 음악엔 인위적인 데가 없고 영감적이라고들 한다. 그에게 음악은

이니스프리
그 이루지 못한 꿈

그의 내부에서 넘쳐 흐르고 있는 강의 범람과도 같은 것이란 생각이 든다. 그래서 20세기 최대의 신학자 칼 바르트는 자기가 죽으면 신을 찾기 전에 맨 먼저 모차르트를 찾겠다고 했다 한다.

비엔나의, 진한 황색의 쉔부른 궁전에서 왕족들과 함께 있는 어릴 적 모차르트의 그림을 보았다. 그 그림 앞에서 천재라 불릴 수 있는 사람은 모차르트 단 한 사람뿐일 거라는 생각을 한 적이 있다. 실제로 그의 교향곡 제36번 C장조 〈린쯔〉는 착수하여 사보(악보를 베끼는 일)와 총연습까지 사흘 반이 걸렸다고 하니까.

그가 살아서 마지막 발표한 작품인 이 〈마술피리〉는 결국 선으로 대표되는 짜라스트로가 악으로 상징되는 밤의 여왕에게 승리하는 것으로 끝난다.

우리들 속의 두 자아(ego) 짜라스트로와 밤의 여왕의 싸움에서 늘 짜라스트로가 승리하는 삶을 이어 가기를 기원해 본다.(1995)

4장

그 밖에

피그말리온,
자기가 만든 조각품에 반해 버린

오드리 헵번이 주연한 〈마이 페어 레이디〉란 뮤지컬 영화가 있었다. 꽃 파는 소녀… 교육을 받지 못해 런던 사투리 영어밖에는 못 하고 매너도 좋지 않은 그런 소녀였다. 그 소녀에게 언어학 교수가 표준 영어를 가르치는 장면이 제법 길게 나온다. 레인(비), 플레인(평야), 스페인 등 주로 에이 발음에 치중하고 있는 것을 보았을 것이다. 런던 사람들이 자기들끼리 말하고 있는 것을 듣고 있으면 에이 발음이 잘 안 된다는 것을 발견할 수가 있다. 투데이(today)를 투다이라고 발음하는 등…, 아무튼 그 소녀가 표준 영어를 완벽하게 구사하게 되고, 매너도 옷차림도 세련된 레이디가 되자 그 교수는 자기가 만들어 놓은 것이나 마찬가지인 그 소녀를 사랑하게 된다는 이야기이다.

이 영화는 아일랜드의 극작가 버나드 쇼가 쓴 5막짜리

희곡 「피그말리온」이 원작이고 그 작품의 근원은 그리스 로마 신화의 피그말리온에 있다.

버나드 쇼는 우리에게 희곡 작가로서보다 무용가 이사도라 던컨이 구혼해서 더 잘 알려진 사람인지도 모르겠다. 최초로 고전무용의 전통을 깨고 무용의 혁명을 부르짖은, 그래서 토 슈즈와 육체를 조이는 의상을 벗어 버린 무용가. 그녀가 쇼에게 우리가 결혼하면 당신의 머리와 내 육체를 닮은 자녀를 낳을 수 있다고 하자 버나드 쇼는 그 반대면 어떻게 하겠소 하고 대답했다 한다.

피그말리온은 여성의 결점을 너무나 많이 보아 왔기 때문에 여성을 혐오하게 되고 한평생 독신으로 살기로 결심한다. 그는 인류 최초의 조각가였다. 그는 상아로 입상(서 있는 처녀상)을 조각하게 되었는데 자신의 온갖 솜씨와 재능을 거기에 퍼부었다. 그래서 만들어진 처녀의 모습은 얼마나 아름답고 살아 있는 것 같은지 누가 보아도 사람의 손으로 만든 것이 아니라 살아 있는 인간처럼 존재하는 것 같았다. 그는 감탄했고 자신이 만들어 놓은 그 작품과 사랑에 빠지게 되었다. 그는 그 입상 위에다 손을 얹어 보아 살아 있지 않음을 확인해 보고도 살아 있는 것같이 생각되어 포옹도 해 보고 소녀가 좋아할 것들을 선물로 가져다주기도 하였다. 그는 그 조각에 옷을 입히고 손가락에는 반지를, 목에는 진주 목걸이를 걸어 주었다.

퀴프로스 섬의 왕이었던 그는 그곳에서 성대하게 열린 아프로디테(비너스)의 제전 때 자기의 임무를 다하고 난 뒤 제단 앞에서 머뭇거리며 자신의 소원을 말했다. 상아 처녀와 같은 아내를 점지하여 달라고(감히 상아 처녀라고 말은 하지 못했다). 미의 여신은 그의 참뜻을 알고 그의 소원을 이루어 주겠다는 뜻으로 제단에 불타고 있는 불꽃을 세 번 공중에 세차게 타오르게 하였다. 집에 돌아온 그는 조각을 소파에 기대어 놓고 그 입술에 입을 대어 보았다. 그리고 몸에도 손을 대어 보았다. 입술에 온기가 느껴지고 몸에는 탄력이 있었다. 그는 한편 의심하고 한편 기뻐 어찌할 줄 몰라 하였다. 확인하고 또 확인해 보았으나 틀림없었다. 그는 아프로디테에게 감사했다.

그리고 살아 있는 그녀에게 정식으로 키스하였다. 그녀는 얼굴을 붉히며 수줍은 표정을 지었다. 아프로디테는 자기가 맺어 준 그들의 결혼을 축복하였다. 그 결합으로 아들 파포스가 태어났다. 아프로디테에게 바쳐진 파포스란 마을은 그의 아들 이름을 딴 것이다. 로마의 위대한 시인 오비드는 이렇게 노래했다.

초승달이 돌고 돌아 아홉 번 만월이 되었을 때 피그말
리온의 신부는 아이를 낳았다. 그 아이의 이름은 파포
스. 섬이 그의 이름을 갖게 되었다네.

심리학에서는 이 신화에서 피그말리온 효과라는 말을
만들어 내었다. 즉, 대상에 대한 지극한 사랑과 믿음은 그
대상 속에 잠들어 있는 것들을 깨우고 흔들어 마침내 활짝
꽃피게 한다는 뜻으로, 간절히 바라던 것을 기대한 대로
얻는 것을 말한다. 피그말리온처럼 간절히 바라던 것을 얻
게 되는 꿈을 한번 꾸어 봄 직도 하다.(2001)

이니스프리
그 이루지 못한 꿈

목양신과 갈대로 변한
요정 시링크스

 판(팬, Pan. Faun이라고도 함)은 사람의 얼굴과 몸통을 가졌으나 양의 꼬리와 귀, 다리를 가진 임야, 목축의 반수신이다. 그는 작은 동굴에 살았다. 때로 산이나 계곡을 방황하기도 하였으나 수렵을 즐기고 요정(뉨페)들에게 무용을 가르쳤으며 음악을 특히 좋아하였다. 그는 인간적이고 육욕적인 디오니소스(박카스)의 추종자이기도 하였다. 그리고 시링크스라는 양치기의 풀피리를 발명하였고 그 자신 그 악기의 연주자였다.

 여기에는 슬픈 이야기가 있다. 판이 사는 숲속에 시링크스라는 아름다운 요정이 살고 있었다. 다프네처럼 숲의 신이나 정령들에게 많은 사랑을 받았으나 남자를 거들떠보지도 않고 오로지 아르테미스(달과 사냥의 처녀 신)만을 숭배하고 그녀만을 따랐다.

어느 날 판은 사냥에서 돌아오는 그녀를 보았고 그 순간 사랑에 빠졌다. 그러나 그녀가 보기에 판의 모습은 얼마나 끔찍했을까. 그녀는 도망치고 판은 부드럽게 구애의 말을 하며 그녀를 쫓았다. 기진맥진하여 강가에 다다른 시링크스는 강의 요정들에게 살려주기를 간청하였다. 가까스로 뒤따라온 판은 팔 벌려 그녀를 안았으나 그의 팔 안에 안긴 것은 한 다발의 갈대였다. 갑자기 시링크스를 볼 수 없게 된 판은 실의에 빠져 슬픔에 잠겨 있었다. 그런데 우연히 꺾인 갈대에서 바람에 의해 애처롭게 감미로운 소리가 나는 것을 알게 되었다. 그것을 시링크스의 목소리로 여긴 판은 갈대를 길이가 다르게 여러 개 엮어 악기를 만들었다. 불어 보니 아름다운 소리가 났다. 후세의 유럽 사람들은 이 악기를 판(팬)이 부른 피리(Flute)라는 뜻으로 팬플룻(Pan Flute)이라 했다.

판에게서 나온 단어들은 이것 말고도 또 있다. 숲속을 밤에 지나야만 하는 사람들에게 밤의 숲은 두려움의 대상이었다. 숲의 신 판도 두려움의 대상이었을 것이다. 그래서 아무런 명백한 원인 없는 갑작스런 공포는 판이 그 원인이라 생각되고 그것을 판적 공포(Panic, 혹은 Panic terror)라 하게 되었다.

이니스프리
그 이루지 못한 꿈

판은 고대 그리스의 롱고스가 쓴 다프니스와 클로에란 양치는 소년 소녀의 이야기에도 등장한다. 프랑스의 작곡가 라벨은 이 이야기를 발레곡으로 만들었다.

또 판은 프랑스의 상징주의 시인 말라르메의 「목신의 오후」라는 시의 주인공이기도 하다. 이 시는, 드뷔시가 음악으로 만들었고 그 음악에 바슬라브 니진스키가 안무해서 공연했는데 그 외설적 표현으로 하여 혹독하게 비판을 받았지만 흥행에는 성공한 작품이 되었다. 드뷔시가 만든 곡은 플룻이 주요 선율을 연주하며 분위기를 조성하고 있는데 이 악기가 판을 상징하고 있다는 것은 이미 말한 바다. 지적인 예술의 신인 아폴로를 상징하는 악기는 현악기이고 디오니소스와 그의 추종자 판을 상징하는 악기는 관악기이기 때문에 이 악기의 선택은 탁월하다 할 수 있겠다. 그러나 앞서 말한 바와 같이 이 발레는 마지막 장면의 도덕성 문제로 빠리를 들끓게 했다. 마침내 이 발레는 반대파에 의해 공연이 금지되고 안무가는 체포될 위험에 빠지게 되었다. 그때 그 공연을 지지하는 로댕(조각가)의 찬사가 신문에 실렸고 빠리의 저명한 인사들의 지지도 가세되어 결국 로댕파의 승리로 끝나게 된 것이다. 이 빠리를 양분한 역사적인 논쟁은 대중들의 지대한 관심을 집중시켜 공연 티켓을 구하려는 소동까지 벌어지게 했다. 12분짜리 짧은 발레가 일으킨 대단한 소동이었다. 이것은 결과적으로 판이 일으킨 소동이었다.(2001)

아폴론과 다프네

    신화는 시대마다 새롭게 태어난다. 시와 소설과 그림과 조각, 그리고 심리학 등 여러 분야에서 그 빛을 발한다.

    신화를 모르고 학문과 예술 등 그 뿌리와 그 오묘한 뜻을 어떻게 알 수 있겠는가

    역사는 진실이라고 믿었던 것이 거짓으로 드러나는 것이고, 신화는 거짓으로 맡었던 것이 진실로 드러나는 것이라고들 말한다. 역사 왜곡이 한창인 일본을 보며 이 말에 수긍이 간다. 역사는 어차피 승자의 것이고 신화는 시간과 공간을 초월한 공통점, 즉 같은 원형, 같은 이야기를 가지고 있다. 이것이야말로 진솔한 우리들의 참 역사가 아닐까?

    퓌톤이라는 무시무시한 뱀을 퇴치해서 의기양양해진 아폴론은 에로스(큐피트)가 활과 화살을 기지고 놀고

있는 것을 보고 놀려대었다.

"이 장난꾸러기야, 전쟁 때나 쓰는 무기를 가지고 무엇을 하는 거냐? 사랑의 불장난이나 하지 그래. 나같이 큰 뱀이나 죽이면 몰라도…. 그 무기가 아깝다."

에로스가 대답했다.

"당신은 모든 것을 맞힐지 모르지만 나는 당신을 맞히겠소."

에로스는 파르낫소스 산에 올라 서로 다른 사람이 만든 두 개의 화살을 쏘았다. 하나는 금으로 된 끝이 뾰죽한 애정을 일으키는 화살이었는데 아폴론을 향해 쏘았고 다른 하나는 무디고 끝이 납으로 된 사랑을 거부하는 화살이었는데 강의 신 페네이오스의 딸 다프네라는 님페를 향해 날아갔다.

다프네는 본래 남자에게는 관심도 없고 결혼을 죄악시하였기 때문에 손자를 보게 해 달라는 아버지를 설득하여 처녀로 있게끔 허락을 받아 낸 터였다.

아폴론은 다프네의 빗질하지 않은 머리칼까지도 사랑하였다. 또 노출된 팔을 보며 노출되지 않은 부분은 얼마나 아름다울까 상상하며…. 드디어 바라보는 것만으로 만족 못한 아폴론은 다프네에게 가까이 가려고 다프네를 쫓기 시작하였다. 아폴론은 사랑의 날개를 타고 다프네는 공포의 날개를 타고 신과 처녀의 필사적인 쫓고 쫓기는 비극적 경주가 시작된 것이다. 마침내 아폴론의 숨결이 다프네의 귓가에 들릴 만큼 가까워졌을 때 다프네는 그의 아버지에게 도움을 청했다. 땅을 열어 자기를 감추어 주든지 자기의 몸을 변화시켜 주든지…. 다프네의 말이 끝나자 그녀의 사지는 굳고 가슴은 부드러운 나무껍질로 싸이고 팔은 가지가 되고 머리카락은 잎이 되었다.

이 순간을 후대의 시인 화가 조각가들은 예술작품으로 승화시켰다. 푸생은 아폴론 앞에서 월계수로 변해 가는 다프네를 그렸고, 베르니니는 〈아폴론과 다프네〉란 아름다운 조각을 남겼다.

1983년 처음 로마를 찾았을 때는 시간이 촉박하여 보르게세 미술관에 있는 베르니니가 조각한 아폴론과 다프네를 보지 못했다. 2013년 지중해 크루즈를 끝내고 로마로 들어가면서 온전한 하루가 있었기에 그 조각상을 꼭 보리라 다짐했었다. 가는 길에 이상한 우산 모양의 나무가 즐비하게 서 있는 것이 보였는데, 그것이 소나무라 했다. 개선하는 로마군들이 항구에 내려 로마까지 긴 거리를 행진해 들어갈 때 햇볕을 가리기 위해 심었다는데 글쎄 그늘도 별로 생길 것 같지 않아 보였다. 나는 레스피기가 작곡한 〈로마의 소나무〉란 곡을 들으면서 로마의 소나무가 유명한가 생각했었는데 처음 로마에 갔을 때는 그런 나무를 본 기억도, 또 해설자에게서 들은 기억도 없었다.

하여튼 내 의문은 풀렸고 우리가 가려는 보르게세 미술관이 있는 보르게세 공원에서 로마의 소나무를 가깝게 볼 수 있을 것이라 했다. 그러나 보르게세 미술관은 예약을 해야 들어갈 수 있다는데, 그날 예약이 될지 조바심이 났다. 안내자는 관광 철이 아니기 때문에 아마도 가능할지도 모르겠다고 전화로 문의했는데 운 좋게도 예약이 되었다. 고맙게도 닥터 신이 동행해 주어서 혼자 낯선 데 남겨진다는 약간의 두려움을 떨쳐 버릴 수 있었다.

안내자는 예약 시간보다 30분 일찍 우리를 보르게세 미술관 앞에 내려 주었다.

보르게세 공원은 중세 이탈리아의 유력 가문 가운데 하나였던 보르게세 가문의 땅으로 17세기 초 시피오네 보르게세(Scipione Borghese) 추기경이 주도해 조

성한 장소다. 보르게세 미술관 건물은 1615년 세워졌
는데 주로 보르게세 가문의 별궁으로 사용됐다. 1891
년 가문이 파산하자 이들이 보유했던 예술 작품을 국
가가 사들인 뒤 1901년 미술관으로 단장해 일반에 공
개했다.

베르니니는 막 월계수로 변하는 다프네와 그를 쫓아온
아폴론을 어떻게 표현했을까.

아폴론은 이제 막 숨이 차게 뛰어와 다프네의 몸에 한
손을 대고 있는데 마치 그의 한 발만 결승점을 막 통과하
고 있는 자세이고, 다프네는 아폴론과 조금이라도 거리
를 두기 위해 등을 한껏 젖히고 한 팔을 들어 올려 아버지
에게 도와달라는, 그리고 아폴론을 거부하는 몸짓을 보이
고 있다. 두 젊은이, 특히 다프네 몸의 선이 얼마나 아름다
운지, 그리고 그들의 정지된 동작이 그 긴박한 순간을 얼
마나 잘 표현하고 있는지 다른 일정을 포기하고 그곳에 간
보람을 넘치도록 누렸다. 한 가지 나의 상상과 달라 놀랐
던 것은 그리스의 대리석 조각보다는 두 남녀가 너무나 날
씬해서 오히려 빈약해 보일 지경이었다는 것이었다.

아폴론의 첫 번째 애인이었던 다프네. 아폴론은 월계수

로 변한 다프네에게 "그대는 나의 아내가 될 수 없으므로 나의 왕관이 될 것이다. 나는 나의 리라와 화살통을 그대로 장식하리라. 그리고 위대한 로마 장군들이 개선해 올 때 그대의 잎으로 엮은 관을 씌우리라." 그렇게 한숨을 쉬며 말했다. 그래서 월계관은 싸움에서 이긴 사람이 쓰는 승리의 관을 의미하게 된 것이다.

영원히 소녀로 있고 싶었던 다프네. 영원히 소년으로 있고 싶었던 피터 팬은 그런 유형의 사람들의 상징이 되었다.

내가 다프네에게 관심을 남달리 둔 것도 그런 이유에서가 아닐까.

이니스프리
그 이루지 못한 꿈

어떤 감사

르완다 사태를 취재한 다큐멘터리를 시청한 적이 있다.

언제 그칠지 모르는 내전으로 부모를 잃은 남매가 화면에 나왔는데, 너댓 살쯤 되어 보이는 남자아이가 유엔에서 주는 구호죽을 앞에 놓고 기도하는 모습이 보였다. 굶주려 눈만 큰 아이.

시인 신동엽의 「4월은 갈아엎는 달」이란 시에 다음 구절이 있다.

시퍼런 풀줄기 우그려 넣고 있을
아! 죄 없이 눈만 큰 어린 것들…

그랬다. 우리도 얼마 전까지 절대적 빈곤에 허덕이고 있었다. 지금은 버리는 음식물 쓰레기만 해도 연간 몇조 원이라는데….

언제나 식사 기도할 때는 그 눈 큰 르완다 어린아이의 기도하는 모습이 떠오르곤 한다. 우리는 그 아이에 비하면 감사할 일이 얼마나 많은가?

성경 말씀에는 이런 구절이 있다.

> 너희는 추수할 때 모퉁이까지 곡식을 다 베지 말고 떨어진 이삭도 줍지 말고 나그네와 고아와 과부와 가난한 자를 위해 남겨두라. 너희가 애굽의 종 되었던 때를 기억해서 그리하라.

바야흐로 추석이다. 추석의 우리말은 한가위인데, 이는 신라 유리왕 때 왕녀 두 사람이 각각 편을 짜 여인들을 거느리고 궁궐에서 8월 15일까지 한 달간 길쌈놀이를 한 데서 유래되었다 한다.

더 거슬러 올라가면 '영고'니 '동맹'이니 하는 추수 감사제가 행해졌던 것을 기록에서 찾아볼 수 있는데, 이를 미루어 추석의 원래의 의미는 감사라는 결론을 내릴 수 있겠다. 우리나라에서도 감을 딸 때 날짐승을 위해 높은 곳의 것은 따지 않는 미풍양속이 있었다 한다.

우리는 이 추석에 가을걷이를 기다리는 풍요로운 들판

이니스프리
그 이루지 못한 꿈

을 보면서 시퍼런 풀줄기 우그려 먹던 때를 기억하고 일본의 종이 되었던 때를 기억해야 할 것이다. 그리고 그 모든 것에서 해방된 것에 대해 진정한 감사의 마음을 가져야 할 것이다.

비록 내 손으로 수고해서 얻은 것이라 해도 다 내 것이라 싹쓸이해서도 안 될 것이다. 왜냐하면 우리에게도 보릿고개가, 그래서 풀줄기로 배를 채우던 때가 있었고, 내 땅에서 나그네 되었던 때가 있었기 때문이다.

밥그릇 싸움 무성한 기사를 보면서 우리가 이 축복을 언제까지 누릴 수 있을까 걱정이 앞선다.

어느 칼갈이의
편지

　부엌에 서서 잘 들지 않는 칼을 갈다가 전에는 명절 때 '칼 가이소' 하던 소리도 곧잘 들렸었는데, 요즈음은 그 소리도 사라지고 없다니 하고 한숨을 지었다.

　7~8년 전이었나 어떻게 해서 그 칼 가는 아저씨가 우리 집 단골이 되었는지 정확하게 알 길은 없지만 그는 어떤 때는 한 달에 한 번 혹은 두 달에 한 번, 명절 때는 한 달이 채 되기도 전에 찾아오곤 했다.

　그가 올 때마다 우리 집 과일 깎는 칼까지 몽땅, 어떤 때는 바느질하는 가위(가위도 한 개만이 아니다.)까지 그의 손에 맡기곤 했다.

　미처 갈아 놓고 쓰지 못했을 때 그가 찾아와도 빈손으로 보내지 않은 것이 내가 그에게 유일하게 잘 대해 준 것이었는지도 모르겠다.

아마 음력 설 때였을 것이다. 그가 정성껏 간 칼을 신문지에 돌돌 말아 가져다주면서 그 신문만큼이나 구겨진 종이 한 장을 내밀고 돌아갔다.

새해에 복 많이 받으라는 말과 감사의 말이, 그리고 끝에는 칼갈이 올림이라는 글이 적혀 있었다.

그때는 칼갈이라는 말 때문에 한참이나 웃었지만 그에게 별로 잘해 준 것도 없이 인사만 받는 것이 멋쩍었고, 또 그가 자기 자신을 그저 칼갈이라고 한 데 고개가 숙여지는 점이 없지 않았었다.

한두 번 그런 감사와 축복의 글을 받은 기억이 있다.

그러나 그와의 인연은 그리 길지 않았다.

거의 반 년이나 되었을까? 그는 나타나지 않았다. 칼이 무뎌지는 것보다는 궁금했다. 칼을 쓸 때마다 무슨 일일까 왜 나타나지 않지? 하던 차에 나타난 그는 큰 수술을 하고 요양 중에 너무 답답해서 아들이 한사코 말리는 데도 단골집만 찾아다니노라는 말을 변명 삼아 했고 그동안 우리집 무뎌진 칼과 가위를 다 갈아 준 뒤 약값이라도 보태 쓰라고 조금 얹어 준 돈을 막무가내 사양하고 한꺼번에 많이 갈았다고 오히려 값을 깎아 주고는 총총히 사라졌다. 그리고는 그것이 마지막이었다.

그가 누구며 어디로부터 왔는지 알 길이 없었다. 그는 다만 내겐 칼갈이로 존재했을 뿐이었다.

이제 11월, 일한 만큼 거두는 계절이다. 그러나 일한 만큼 거두어 자기가 취한다는 당연한 사실이 축복임을 우리는 잊고 있는 것 같다. 이 해는 풍년이라고 언론의 참새 입들이 오도방정을 떨 때 태풍이 불고 큰 비가 와서 황금의 들판은 폐허같이 변해 버렸다.

성경의 구약 여러 곳에는 수고한 대로 먹는 것이 축복이고 자기가 수고한 것을 남이 먹는 것을 저주로 표현하였다.

이 말을 인용한 것은 어떤 농부의 잘못으로 이런 결과가 왔다는 것을 말하고자 함이 아니다.

수고한 대로 거둔다는 당연한 일도 감사의 대상이 될 수 있다는 것을 말하고 싶은 것이다.

당연한 일이라 생각되는 것이나 잘 자고 먹고 소화시키고 배설하는 일상적인 일에도 감사할 줄 아는 사람은 자연에 대해서 인생에 대해서 깊은 통찰력과 사랑이 넘치는 사람일 것이라는 생각을 한다.

우리는 그동안 경제, 경제, '잘 살아 보세' 하고 앞만 보고 돈만 추구하며 살아왔다. 상대적 빈곤에 시달리며 오늘의 우리가 된 것을 당연하게 생각하고 더 잘 살지 못해 불평을 해대며 감사할 줄 몰랐다.

칼갈이 아저씨처럼 지극히 당연한 일에 감사할 줄 아는 사람이 얼마나 될까? 그 사람처럼 격조 높은 사람을 몇 명이나 만나 볼 수 있을까? 자신을 칼갈이로 지칭하며 이름도 없는 사람처럼 처신했고, 가난했으나 그 손이 수고한 대로 벌어먹는 것을 감사했던 사람이었다.

땅이 정직하게 그 소산을 풍성하게 내고 있는 가을의 들녘에서 그것을 감사하며 기도하고 서 있는 농부 내외의 모습을 그린 밀레의 그림을 머릿속에 떠올리며 우리 속에 비록 크게 배운 것 없고 가난하나 그이처럼 격조 높은 인생이 있어 결코 절망은 없다는 생각을 한다.

이니스프리, 그 이루지 못한 꿈

초판 1쇄 발행 2017년 11월 20일

지은이 김완희
펴낸이 강수걸
기획 이수현
편집장 권경옥
편집 정선재 윤은미 박하늘바다 김향남
디자인 권문경 조은비
펴낸곳 산지니
등록 2005년 2월 7일 제333-3370002510002005000001호
주소 부산시 해운대구 수영강변대로 140 BCC 613호
전화 051-504-7070 | 팩스 051-507-7543
홈페이지 www.sanzinibook.com
전자우편 sanzini@sanzinibook.com
블로그 http://sanzinibook.tistory.com

ISBN 978-89-6545-450-2 03810